KB045854

사랑하는 여자들에게

사랑하는 여자들에게

길고 긴 인생에 영감을 주는
착한 마녀 이야기

이사벨 아옌데 지음
김수진 옮김

시공사

판치타와 파울라, 로리, 마나, 니콜,
그리고 내 삶의 여정 속에서 만났던
남다른 모든 여성들에게 이 책을 바친다.

#1.

한 치의 과장도 없이 말하지만, 나는 유치원 시절, 그러니까 우리 식구들이 '페미니스트'라는 게 도대체 뭔지도 몰랐던 그 시절부터 이미 페미니스트였다. 내가 1942년에 태어났으니, 호랑이 담배 먹던 시절이다. 내 기억에, 내가 처음 남성들의 권위주의에 반감을 갖게 된 건 엄마가 처한 상황 때문이었던 것 같다. 내 엄마의 이름은 판치타. 내 아버지는 페루에서 살 당시, 아직도 젖먹이였던 어린 두 자녀, 그리고 갓난쟁이와 내 엄마 판치타를 버렸다. 결국 엄마는 칠레의 친정으로 돌아와 얹혀살아야 했고, 그 덕분에 나는 외가에서 유년시절을 보냈다.

　　외갓집은 칠레의 수도 산티아고의 프로비덴시아 구에 있었다. 지금은 상업 시설들과 사무실들이 빼곡하게 들어서 미로처럼 변해버렸지만 그때만 해도 주택가였다. 할아버지네 집은 아주 컸다. 시멘트를 마구 처바른 듯 흉물스러웠다. 방들은 천장이 높아 환기가 잘 되었지만, 벽마다 등유 난로에서 새어 나온 그을음이 시커멓게 껴 있었고, 창문마다는 붉은색 벨벳 커튼이 묵직하게 내리쳐져 있었다. 가구들은 백 년은 족히 갈 튼튼한 스페인산이었고, 곳곳에 괴기스러운 느낌을 주는 조상들의 초상화가 걸려 있는가 하면, 먼지가 뽀얗게 앉은 책들이 무더기로 쌓여 있기도 했다. 여하튼 밖에서 보이는 저택의 외관은 꽤나 으리으리해 보였다. 방과 서재와 식당은 나름 기품 있는 멋을 풍기게 하려고 누군가 애쓴 흔적이 엿보였지만 사실상 그곳들은 그다지 자주 사용하는 공간이 아니었다. 그 외의 나머지 공간들이야말로 외할머니와 나와 내 두 형제, 가정부들, 족보조차 알 수 없는 잡종견 두세 마리, 집고양이인지 들고양이인지 구분조차 안 되는 고양이들이 뒤엉킨 엉망진창인 왕국이었다. 특히 고양이들은 툭하면 냉장고 뒤에 숨어 새끼를 마구 낳아서, 주방을 맡은 가정부 아주머니는 새끼를 발견하는 족족 잡아다 마당에 있는 물통 속에 던져 넣곤 했다.

　　그러나 외갓집에 감돌던 환한 빛도, 즐거움도 갑작스럽게 외할머니가 돌아가시면서 삽시간에 사라져버리고 말았다. 그 이후 내가 기억하는 유년 시절은 두려움과 암흑의 시기였다.

도대체 뭐가 두려웠냐고?

엄마도 돌아가시면 어쩌나, 그래서 우리 형제들이 단체로 고아원에 맡겨지면 어쩌나, 집시들이 나를 훔쳐 가기라도 하면 어쩌나, 거울 속에서 귀신이 튀어나오면 어쩌나, 뭐 이런 온갖 잡다한 것들이 다 두려웠다.

하지만 한편으로 그런 불행했던 어린 시절이 고맙기도 하다. 그 덕분에 글을 쓰기 위한 소재들이 주어졌으니까. 솔직히 정상적인 가정에서 평범한 어린 시절을 보낸 작가들은 도대체 어떻게 글을 써낼 수 있는 건지 궁금할 지경이다.

아주 어린 나이에도, 내 눈에는 이미 우리 집안 남자들에 비해 엄마가 얼마나 큰 핸디캡을 안고 살아가는지가 다 보였다. 엄마는 부모님의 뜻에 반하는 결혼을 했다가 결국 부모님의 예상대로 실패하고 말았다. 그리고 그 결혼을 무효화시켜야 했다. 칠레에서는 2004년까지만 해도 법적 이혼이라는 게 불가능했기 때문에 결혼 무효만이 유일한 탈출구였다. 그 결혼을 무효시켰음에도 불구하고, 엄마는 바깥일을 할 능력도 없었고, 돈도 없었으며, 자유도 없었다. 설상가상으로 남 말 좋아하는 호사가들에게는 툭하면 험담의 대상이 되곤 했다. 남편과 헤어진 사실만으로도 얘깃거리로 충분한데, 엄마는 젊고 예쁘고 매력적이기까지 했다.

#2.

내가 처음 '마초이즘'에 대해 분개하게 된 건 바로 그 어린 시절에 엄마와 외갓집에서 일하던 가정부들을 지켜보면서였다. 그녀들은 하나같이 희생자였고, 종속적인 삶을 살아가고 있었고, 권력도 없었으며, 자신의 목소리를 낼 수 없는, 그런 사람들이었다. 엄마는 당시의 고정관념 때문에 그랬고, 가정부들은 가난했기 때문에 그랬다. 물론 그때만 해도 나는 너무 어렸기 때문에 내가 왜 마초이즘에 반감을 가지게 되었는지조차 알 수 없었다. 오십 년간 상담을 이어온 끝에야 그나마 이런 설명이라도 할 수 있게 되었다.

여하튼, 그 시절, 뭐라고 설명할 수는 없었지만 내가 느꼈던 분노는 너무나도 강렬했다. 그 느낌은 영원히 내 안에 각인되어 나는 거의 집착하다시피 정의를 추구했다. 마초이즘을 본능적으로 거부하곤 했다. 내 안에 있는 이런 반감은 요즘 시각으로 보면 한물 간 유행 정도로 보이겠지만, 그 당시에는 스스로 지성이 있고 깨어 있다고 믿고 있던 우리 집안에서조차 기이한 행태로 받아들여졌다.

내 엄마 판치타는 내게 문제가 있다고 생각하고 병원 여러 군데를 찾아다녔다. 결장에 병이 생겼거나, 요충으로 인해 문제가 생겼다고 생각했던 것 같다. 내 남자 형제들이었더라면 오히려 사내답다고 당연스럽게 받아들여졌을 텐데, 내 성격이 고집스럽고 도전적이니 어디 병이 난 게 아니냐고 생각한 것이다. 사실 대부분이 이렇지 않은가? 여자아이들에게는 두 발을 버둥거리며 떼쓸 권리조차 주어지지 않는 것 말이다.

칠레에도 물론 신경정신과(정신건강의학과) 병원이 있었다. 모르긴 해도 소아 전문 신경정신과 병원들도 있었을 것이다. 하지만 그때만 해도 온갖 금기들이 존재하고 있었고, 신경정신과 내원은 불치의 정신질환자들이나 가는 곳으로 치부되었다. 물론 우리 집안에서는 누군가 불치의 정신질환을 앓고 있다 해도 끝내 병원에 데려가지 않은 채 쉬쉬하며 집안에서 어떻게든 해결하려 했겠지만 말이다.

엄마는 늘 내게 조금만 더 조신하게 행동하라고 부탁

했다. 한 번은 이런 말을 했다.

"아니, 도대체 그런 생각은 어디서 난 거니? 이러다 진짜 왈가닥이라고 소문나겠다."

사실 난 왈가닥이라는 말의 뜻조차 알지 못했다.

엄마가 걱정을 하는 데에도 일리는 있었다. 여섯 살 때 이미 나는 독일계 수녀원에서 운영하는 학교에서 도무지 말을 듣지 않는다는 이유로 퇴학당했다. 향후 나의 미래가 어찌될 것인지를 알리는 일종의 전주곡과도 같은 사건이었다. 그러나 지금 생각해보면, 나를 퇴학시킨 진짜 이유는 엄마 판치타가 아이 셋을 키우는 미혼모였기 때문이었던 것 같다. 수녀님들에게는 이런 사실이 그리 놀랄만한 일도 아니었다. 칠레에서는 상당수의 아이들이 미혼부나 미혼모의 자녀로 태어나기 때문이다. 하지만 내가 다니던 학교의 아이들이 속한 사회 계층에서는 얘기가 달랐다.

나는 수십 년 동안이나 내 엄마가 희생자라고 생각해왔다. 그렇지만 이젠 '희생자'란 주변 상황을 통제할 능력이나 힘이 없는 사람을 지칭한다는 걸 안다. 그리고 내 엄마는 그렇지 않았다는 걸 깨달았다. 어찌 보면 엄마가 상황에 얽매여 사는 취약한 존재, 더러는 좌절한 존재로 여겨졌던 것도 사실이지만, 엄마의 상황은 훗날 새아버지를 만나 여행을 시작하면서부터 완전히 달라졌다.

내 입장에서는 엄마가 좀 더 독자적인 삶을 살기 위해, 자신이 원하는 삶을 만들어가기 위해, 자신의 잠재된 능력을 펼치기 위해 노력했어야 한다고 생각할 수도 있었지만, 내 의견은 전혀 중요치 않다. 엄마와 달리 나는 페미니즘 세대에 속하고, 엄마가 가질 수 없었던 다양한 기회들을 누렸기 때문이다.

#3.

오십 년간 상담을 받아오면서 알게 된 또 한 가지 사실은, 내가 어린 시절에 마초이즘에 대한 반감을 갖게 된 이유다. 내 어린 시절 부재한 아버지라는 존재가 그 반감에 큰 영향을 미쳤다. 내가 열한 살 쯤 되던 해에 엄마 판치타는 새아버지와 살림을 합쳤다. 나는 새아버지를 라몬 아저씨라고 불렀다.

　　아저씨를 새아버지로 받아들이기까지, 그리고 세상에 이보다 더 좋은 아버지는 있을 수 없다는 사실을 깨닫게 될 때까지 꽤 오랜 시간이 걸렸다. 그 사실을 깨닫게 된 건 내 딸 파울라가 태어나고 새아버지가 미친 듯이 파울라에게 사랑을 쏟아내는 걸 보면서였다. 사랑은 상대적인 감정이라 파울라도 할아버지를 무척 따랐다. 그때서야 나는 처음으로 내가 전쟁을 선포했던 상대인 라몬 아저씨에게서 부드럽고 감상적인 면을 보았고, 장난기 넘치는 모습도 발견했다. 나는 사춘기 시절 내내 라몬 아저씨를 미워하며 사사건건 그의 권위에 의문을 제기하곤 했지만, 그는 타의 추종을 불허하는 낙천주의자라 내가 그런 줄조차 몰랐다. 그의 말을 빌리자면, 난 언제나 모범적인 딸이었다고 한다. 라몬 아저씨는 좋지 않은 기억은 쉽게 잊어버리는 사람이었기 때문에 노후에는 나를 앙헬리카라고 불렀다. 내 이름은 원래 이사벨 앙헬리카이고, 스페인어로 앙헬리카는 천사를 의미한다. 날개가 눌리면 안 되니 잘 때에는 모로 누워서 자라고 농담처럼 말하곤 했다. 노년의 끝자락에, 치매가 찾아오고, 삶의 고단함이 그의 모습을 지워버리고 희미한 그림자만 남겨놓은 그 순간까지도 그는 그 말을 되뇌곤 했다.

세월이 흘러 라몬 아저씨는 내 가장 친한, 믿음직스런 친구가 되었다. 그는 유쾌한 성품에, 우쭐거리며, 자존심 강한 마초였다. 물론 스스로는 세상에 자기만큼 여성을 존중하는 사람은 다시없을 거라며 그 사실을 부정했지만 말이다. 나는 끝내 그의 그 가공할만한 마초이즘이 어디에 뿌리를 두고 있는지 설명해낼 수 없었다. 라몬 아저씨는 자식을 넷이나 낳고 살던 아내와 갈라섰지만 끝내 결혼을 무효화하지 못했기 때문에, 내 어머니와는 합법적인 부부가 될 수 없었다. 물론 그렇다고 해서 두 사람이 함께하기를 포기하지는 않았다. 결국 두 사람은 거의 칠십 년간 함께 했으니까. 처음에는 요란한 스캔들로 사람들이 입방아를 찧어 댔지만, 머지않아 두 사람의 결합에 대해 뒷소리를 하는 사람들은 거의 없었다. 풍속도 완화되어 법적으로 이혼하지 않고도 많은 이들이 살림을 차렸으며, 특별한 절차 없이 헤어지기도 했기 때문이다.

판치타는 동거남인 라몬 아저씨의 장점에 대해 찬양을 쏟아냈지만, 단점에 대해서도 구시렁거리곤 했다. 그렇지만 더러 화를 내면서도 늘 참고 사는 아내의 역할을 충실히 수행했다. 사랑 때문이기도 했지만, 혼자서는 자식들을 제대로 키워낼 수 없다는 걸 잘 알고 있었기 때문이었다. 남편의 벌이에 의지하고 남편의 보호를 받으면서 사는 삶은 눈에 보이지는 않지만 그만한 대가를 치러야 했던 것이다.

사랑하는 여자들에게

#4.

내 생부에 대해서는 보고 싶었던 적도 없었고, 어떻게 지내는지 알고 싶은 마음도 없었다. 그 사람은 자녀양육의 의무를 지지 않는다는 조건으로 판치타와의 결혼 무효에 합의해주었고, 다시는 아이들을 만나지 않기로 했다. 살면서 우리 집안에서는 아무도 그의 이름을 입에 올리지 않았지만, 어쩌다 한 번 그 이름이 언급될 때면 판치타는 극심한 두통을 호소하곤 했다. 여하튼 판치타는 내게 생부가 매우 지적인 사람이었으며 나를 무척 사랑했다고 했다. 내게 늘 클래식 음악을 들려주었고, 예술서적을 많이 보여준 덕에 내가 두 살 무렵에는 이미 예술가들을 구별해낼 수 있을 정도였다고 했다. 생부가 '모네' 또는 '르누아르'라고 이름을 부르면 내가 화집 속에서 귀신같이 모네와 르누아르의 그림을 짚어냈다는 것이다. 그렇지만 난 그 말을 믿지 않는다. 현재 내가 가진 능력을 총동원한다 해도 그런 일을 절대로 해낼 수 없을 것이기 때문이다. 설사 그런 일이 진짜로 있었다고 치자. 그래 봐야 어차피 난 그런 기억 같은 건 갖고 있지도 않다. 대신 어느 날 갑자기 떠나버린 아버지에 대한 기억만이 뇌리에 깊이 새겨져 있을 뿐이다. 무척이나 사랑한다고 말하던 사람들이 하루아침에 바람처럼 사라져버린다면, 당신 같으면, 그런 사람들을 신뢰할 수 있을까?

　　내 생부가 가족을 버린 것이 온 세상을 떠들썩하게 할 만한 일은 아니었다. 칠레에서는 여성이 가족과 지역 사회의 기둥 역할을 하고 있다. 특히 서민 사회에서는 아버지라는 사람들이 그저 왔다가 스쳐 지나가기도 하고, 심지어 자식들 생각 같은 건 하지도 않은 채 홀연히 사라져버리는 경우도 다반사다. 반면 어머니들은 뿌리 깊은 나무 같다. 어머니들은 자기 자식을 책임질 뿐만 아니라 필요한 경우에는 남이 낳은 자식까지도 거두곤 한다. 이렇게 여성들이 강인하고 체계화되어 있다 보니, 칠레가 모계 사회라는 말도 들리고, 심지어 생각이 고루하기 그지없는 작자들까지도 얼굴색 하나 변하지 않고 앵무새처럼 그런 말을 지껄인다. 하지만 이 얘기들은 모두 사실과는 거리가 있다. 남성들은 권력과 경제권을 휘두르고, 법률을 제정하여 제멋대로 적용한다. 그러고도 부

족하다 싶으면 교회가 나서 늘 그래왔듯 가부장적 결론을 도출해
낸다. 결국 여성들은 가정 내에서나 지휘권을 갖는 것이다. 그나
마도 아주 가끔씩······.

#**5.**

보통 인터뷰에서는 소소한 질문들이 끝없이 쏟아지기 때문에 나 정도의 연륜이면 얼마든지 답변할 수 있다. 그런데 개중에는 나를 슬쩍 당황하게 만드는 경우도 없지 않다. 최근의 한 인터뷰에서 나는 날카로운 심리테스트 같은 질문에 맞닥뜨렸다. 내가 지금까지 쓴 소설 속 인물 중 한 명과 저녁 식사를 하게 된다면 누구를 선택하겠냐는 질문이었다. 대답에 이 초 정도의 시간이 필요했다. 솔직히 누구랑 저녁 식사를 하고 싶냐고 물었더라면, 난 생각할 필요도 없이 딸 파울라와 엄마 판치타라고 답했을 터였다. 늘 내

곁을 떠나지 않는 두 영혼이었으니까. 그런데 이번 질문은 문학작품 속 등장인물 중에서 누구와 식사하고 싶냐는 것이었다. 기자는 즉각적인 답을 원했지만 난 순간적으로 망설였다. 내가 쓴 소설만 스무 작품이 넘었고, 남녀 성별을 불문하고 그 소설 속 모든 등장인물과 만찬을 즐기고 싶었기 때문이었다. 그러나 잠시 생각한 끝에, 나는 《운명의 딸》속 여주인공 엘리사 서머스를 선택했다. 1999년, 이 작품 발표차 스페인을 방문했을 때, 웬 얍삽한 기자 하나가 나더러 이 소설이 우의적인 페미니즘의 발현 아니냐는 질문을 던졌다. 그래 보였을 수도 있겠다. 하지만 난 그런 생각은 해본 적 없었다.

19세기 중반, 빅토리아 왕조 전성기. 엘리사 서머스는 코르셋으로 온몸을 조인 채 집 안에만 갇혀 지내는 십 대 소녀였다. 배움의 기회도 없었고, 권리 같은 것도 없었다. 그저 머잖아 결혼해서 아이들을 낳아 기르는 운명이 기다리고 있을 뿐이었다. 그러나 엘리사는 안전하기만 한 그 집을 버리고 황금의 열풍이 불어닥치고 있는 캘리포니아를 향해 칠레로부터의 여정을 시작했다. 살아남기 위해 남장을 했고, 탐욕과 욕망과 폭력이 넘치는 남자들의 세계에서 자기 힘으로 스스로를 지켜내는 법을 배웠다. 수많은 난관과 위험을 극복해낸 뒤, 그녀는 본래의 여성 복장으로 돌아올 수 있었다. 그러나 더 이상 코르셋 같은 것은 입지 않았다. 마침내 그녀는 자유를 얻었고, 이제는 자기 자신을 포기할 생각이 없었던 것이다.

아마도 엘리사의 행보는 남성 세계에 도전장을 내밀고

싸워 얻은 여성 해방과 비교될 수 있을 것이다. 사실 우리는 남성처럼 행동하고, 남성들의 전략을 배워야 했고, 그들과 겨루어야 했다. 비근한 예로, 여성들이 사회생활을 하기 위해 한때 바지 정장만 입었고 심지어는 넥타이를 매는 여성들도 있을 정도였다. 하지만 이젠 그럴 필요가 없다. 우리 여성들은 여성으로 태어남과 동시에 여성으로서의 힘을 행사할 수 있게 되었기 때문이다. 엘리사와 마찬가지로 자유를 얻었기 때문이다. 이제 우리는 그 자유를 지켜나가고, 더 신장시키고, 이 세상 모든 여성에게 전파하기 위해 싸워나갈 것이다. 엘리사와 저녁 식사를 할 수 있다면, 이 이야기를 꼭 들려주고 싶었다.

사랑하는 여자들에게

#**6.**

'페미니즘'이란 어휘는 매우 급진적인 느낌이 들고 때론 남성 혐오로 해석될 수 있어서 경각심을 불러일으키곤 한다. 따라서 나의 이야기를 이어가기에 앞서 독자들에게 이 점을 명확히 짚고 넘어가고자 한다. 그럼 우선 '가부장주의'라는 말에서부터 시작해보자.

　　　　내가 생각하는 '가부장주의'는 어쩌면 위키피디아나 스페인 한림원이 발간하는 사전상의 의미와는 차이가 있을지도 모른다. 원래 이 말은 여성이나 다른 그 어떤 종에 대해 남성이 갖는 절대적인 권한을 의미한다. 그런데 페미니즘 운동이 일면서 일부 측면에서 이런 절대 권력이 손상되었다. 물론 또 다른 많은 측면에서는 지난 수천 년을 이어온 남성들의 전권이 여전히 이어져오고 있지만 말이다. 성차별적 요소가 잠재된 수많은 법률이 개정되었음에도 불구하고, 가부장제는 남성만이 지배력과 특권을 누려왔던 정치, 경제, 문화, 종교 부문에서 여전히 남성에게만 억제력을 부여하는 지배적 체계로 자리 잡고 있다. 이런 가부장적 체계는 여성에 대한 반감, 즉 '여성 혐오'도 불러올 수 있지만, 동시에 배타성과 공격성을 내포한 다양한 형태의 문제를 야기한다. 인종차별과 동성애 혐오, 계급 차별, 외국인 혐오, 자신과 다른 생각이나 다른 사람들에 대한 배척 등이 그 예다. 가부장주의는 타인의 권리를 침해하며, 복종을 강요하고, 이에 도전하려는 자들을 응징한다.

그렇다면 나의 '페미니즘'은 도대체 무엇일까? 내가 말하는 페미니즘은 두 다리 사이에 존재하지 않고, 두 귀 사이에 존재한다. 즉 나의 페미니즘은 철학적 태도이자 남성만이 가진 권위에 대한 저항을 의미한다. 그것은 사람들 간의 관계를 이해하고 세상을 바라보는 방법이며, 정의에 대한 주장이다. 또한 여성의 해방과 동성애자, 성소수자(LGTBIQ 등)*를 비롯해 제도에 의해 박해당하는 모든 이들의 해방, 그리고 나의 이 페미니즘에 동참하

---

* LGTBIQ는 lesbian, gay, transgender, bisexual, intersex, queer, 즉 여성 동성애자, 남성 동성애자, 성전환자, 양성애자, 간성자, 성소수자 등을 의미하는 영단어의 첫머리를 딴 약어다.

사랑하는 여자들에게

고자 하는 또 다른 모든 사람들의 해방을 위한 투쟁이다. 동참하고자 하는 이들을 나는 언제라도 요즘 젊은이들이 쓰는 표현대로 '격하게 환영 *Bienvenides*'†한다. 다다익선이라고, 많으면 많을수록 좋은 법이니까.

젊은 시절에 나는 양성평등을 위해 온몸을 다 바쳐 일했고, 남성들의 게임에 끼어보려 했다. 그러나 좀 더 어른이 되면서 그런 게임은 미친 짓이며, 세상을 파괴하고 인간의 윤리의식을 좀먹을 뿐이라는 것을 깨닫게 되었다. 그렇다고 해서, 남성이 이 세상을 망가뜨렸다고 비난하는 건 아니다. 다만 망가진 세상을 고쳐보자는 것이다. 물론 이런 움직임은 원리주의, 파시즘, 전통 등의 강력한 저항을 받기 마련이다. 더욱이 수많은 저항 세력 속에서 변화를 두려워하며 확연히 다를 미래를 상상조차 하지 못하는 수많은 여성들이 자리하고 있음을 확인할 때면 절망감이 밀려오기도 한다.

이렇게 가부장주의는 거대한 바윗돌 같다. 그러나 페미니즘은 바다처럼 유연하고, 강력하며, 깊고, 삶의 무한한 복잡성을 제 안에 담고 있다. 그리고 파도처럼 밀려오기도 하고, 흘러가기도 하며, 가볍게 흔들리기도 하고, 때로는 성난 풍랑처럼 요동

---

† 원래 Bienvenides 라는 말은 스페인어에 없다. 스페인어의 모든 명사와 형용사는 남성과 여성으로 나뉘므로, 같은 '환영합니다'를 의미하더라도 남성에게는 Bienvenidos, 여성에게는 Bienvenidas라고 한다. 그러나 최근 각각 남성과 여성을 드러내는 o와 a 대신에 중립적인 e를 써서 Bienvenides 라는 성별을 뛰어 넘는 신조어를 쓰는 사람들이 있다.

치기도 한다. 페미니즘은 그렇게 바다처럼 언제나 가만히 있지 않는 것이다.

사랑하는 여자들에게

아니, 가만히 있는 그대는 더이상 아름답지 않다.

당신이 투쟁할 때,

당신의 것을 쟁취하기 위해 싸우고,

침묵하지 않을 때,

입을 열어

당신이 뱉어낸 말들이 먹이를 물어뜯고

당신을 둘러싼 모든 것들이 뜨겁게 타오를 때,

그럴 때 당신은 고귀하다.

아니, 가만히 있는 그대는 더이상 아름답지 않으며,

마치 생명력을 상실해버린 것 같다.

내가 당신에 대해 알고 있는 사실은,

지금까지 단 한 번도

당신처럼 강력한 삶의 의지를 지닌 사람을

본 적이 없다는 바로 그것.

그토록 자신의 의지를 소리 높여 외치는 사람을.

— 미겔 가네, 〈뜨겁게 타오르다〉

#**7.**

어려서부터 나는 엄마한테도 신경을 써야 했고, 최대한 빨리 내일은 내가 알아서 해야 했다. 외할아버지가 늘 강조했기 때문이다. 할아버지는 우리 집안을 이끄는, 설명이 필요 없는 가부장적 인물었고, 내가 여자로 태어났기 때문에 불이익을 감내하며 살아야 한다는 걸 진작부터 알고 있었다. 그래서 아예 일찌감치 종속적인 삶을 받아들이는 장치를 만들려 했다. 그렇게 여덟 살 때까지 외할아버지 슬하에서 자랐고 열여섯 살이 되던 해에 다시 외할아버지댁으로 가게 되었다. 그사이에 우리 가족은 라몬 아저씨

사랑하는 여자들에게

가 주 레바논 영사로 부임하게 되면서 레바논으로 이주해 살았다. 그러다 1958년에 정치·종교적 위기가 닥치며 레바논 전역이 내전의 위험에 휩싸이자 라몬 아저씨가 나와 내 남동생들을 칠레로 돌려보냈다. 이때 남동생들은 산티아고의 사관학교로 들어갔지만 나는 외갓집으로 가게 됐다.

　　내 외할아버지 아구스틴은 열네 살 되던 해에 아버지를 잃었다. 그의 아버지는 재산 한 푼도 남겨주지 않고 세상을 떠났다. 아구스틴은 곧바로 돈벌이에 나서야 했다. 그에게 삶은 규율과 노력, 책임으로 점철된 것이었다. 늘 고개를 빳빳이 세우고 다니던 할아버지 아구스틴에게는 명예가 최고의 덕목이었다. 나는 할아버지가 설립한 매우 엄격한 기숙학교를 다녔다. 그곳은 허례허식도, 낭비도, 불평도 모두 금지였다. 힘겨워도 참아내고, 해야 할 일은 반드시 해야 했으며, 그 무엇도 요구하거나 기대하지 말아야 했다. 또한 자신은 스스로 지켜야 했고, 남을 도와야 했으며, 타인을 위해 봉사하되 결코 이를 과시해서는 안 됐다.

　　할아버지가 내게 꽤 여러 번 들려준 이야기가 하나 있다. 목숨을 내줘도 아깝지 않을 만큼 사랑하는 외아들을 둔 한 남자가 있었다. 남자는 아들이 열두 살이 된 어느 날 이렇게 말했다. 자기가 아래서 받아줄 테니 이 층 발코니에서 뛰어내리라고. 아들은 아버지가 시키는 대로 뛰어내렸지만, 아버지는 아래서 팔짱을 낀 채 지켜보기만 했다. 덕분에 어린 아들은 마당으로 추락해 온몸 뼈 여기저기가 부러지는 부상을 입었다. 이 잔혹한 이야기가 주는 교훈은 절대로, 그 누구도, 심지어 아버지조차도 믿어서는 안 된다였다.

단편적으로는 모져 보였지만 사실 외할아버지는 무척 자비로운 사람이었다. 이웃들에게 무조건적인 지원을 아끼지 않았고, 많은 이의 사랑을 한 몸에 받았다. 나 역시 외할아버지를 무척 사랑했다. 지금도 외할아버지의 허옇게 센 머리칼과 누런 이를 드러내며 내지르던 호탕한 웃음소리, 관절염으로 마디마디가 울퉁불퉁해진 손, 재기발랄한 유머 감각이 생생하게 기억난다. 외할아버지는 한 번도 인정한 적 없지만, 사실 여러 손주 중에서도 나를 가장 애지중지했던 건 부인할 수 없다. 모르긴 해도 외할아버지는 내가 사내아이였더라면 얼마나 좋았을까 생각했을 거다. 그렇지만 내가 계집아이였음에도 불구하고 나를 정말 예뻐했다. 나를 보면 돌아가신 외할머니가 떠올랐기 때문이다. 나는 이름도 외할머니와 똑같이 이사벨이었고, 눈도 외할머니를 쏙 빼닮았다.

#8.

나는 사춘기에 한 번도 사고를 친 적이 없었다. 대신 가엾은 우리 외할아버지가 나를 다루느라 고생깨나 해야 했다. 나는 게으르지도 오만불손하지도 않았다. 오히려 무척 훌륭한 학생이었다. 아무런 불평 없이 공동체 규율을 철저히 준수했기 때문이다. 그렇지만 나는 늘 분노에 가득 차 있었다. 팔다리를 버둥거리거나 문을 쾅 소리 나게 닫는 행동으로 그런 분노를 표출하지는 않았지만 무한히 이어가는 침묵에는 불만이 가득했다. 그것은 복잡하게 얽힌 일종의 매듭이었다. 나는 스스로 못생겼다고 생각했고, 무기력하며,

투명인간 같은 존재라고 믿고 있었다. 또한 짜증스러운 현재라는 시간 속에 포로처럼 잡혀 있는 외로운 존재라는 생각도 했다. 그 어떤 무리에도 끼지 못하는, 모두에게 배척받는 괴짜라는 느낌도 들었다. 나는 미친 듯이 독서에 빠져들었고, 그 즈음에는 레바논에서 터키로 거주지를 옮긴 엄마에게 편지를 쓰면서 외로움을 떨쳐버리려 애썼다. 엄마도 끊임없이 내게 편지를 썼고, 우린 둘 다편지가 한 번 오가는 데 여러 주가 걸리는 것 따위는 아랑곳하지 않았다. 이렇게 해서 엄마는 평생 이어지는 나와의 서신 왕래를 시작하게 됐다.

어렸을 적에 이미 나는 세상이란 곳이 정의롭지 못하다는 사실을 귀신같이 간파했다. 지금도 어린 시절 우리 집에서 일하던 하녀들이 거의 외출도 못 하고 밤낮없이 일하면서도 쥐꼬리만 한 급여를 받고, 창문도 없이 허름한 간이침대와 낡아빠진 옷장 하나뿐인 방에서 지냈던 것을 기억한다. 물론 이때만 해도 1940년대와 1950년대였고, 지금의 칠레는 이렇지 않다. 정의에 대한 이런 불안감은 십 대에 접어들면서 더욱 증폭되어, 다른 여학생들이 외모를 가꾸거나 남자친구를 사귀는 데 정신이 빠져 있는 동안에도 나는 사회주의와 페미니즘을 설파하곤 했다. 솔직히 고백하자면, 난 동성의 친구들을 사귀지 못했다. 내 조국 칠레에 존재하는 거대한 사회적 계층 간의 불평등, 기회와 소득의 불평등이 나를 화나게 할 뿐이었다.

늘 그렇듯이, 최악의 차별은 가진 것 없는 자들에 대한 차별이었지만, 나를 더욱 견디기 힘들게 했던 것은 여성에 대한 차별이었다. 그나마 가난으로부터는 더러 탈출할 수 있지만, 여자로 태어났다는 사실만은 어찌해볼 수 없어 보였기 때문이다. 더욱이 그 당시만 해도 타고난 성별을 전환할 수 있을 거라고는 꿈조차 꿀 수 없었다. 또한 세상에는 늘 여성 투쟁가들이 있어서 여성의 참정권을 비롯한 다양한 권리를 얻어내고, 교육도 개선하는가 하면, 정치와 공중 보건, 과학과 예술 분야에 참여하게 되었지만, 당시 칠레는 유럽과 미국의 페미니즘 운동으로부터 수백 광년은 떨어져 있는 곳이었다. 내 주변에서는 집에서고, 학교에서고, 심지어 언론에서고, 여성의 지위에 대해 말하는 사람은 아무도 없었다. 그러니 그런 시절에 내가 어쩌다가 이런 의식을 갖게 되었는지는 솔직히 나도 잘 모르겠다.

#9.

잠시 본론을 벗어나 불평등 이야기를 해볼까 한다. 2019년만 해
도 칠레는 정치적 불안과 폭력으로 요동치는 라틴아메리카 대륙
에서 유일하게 안정적으로 번영을 구가하는, 일종의 오아시스 같
은 존재로 여겨졌다. 그러던 칠레에서 그해 2019년에 민중 봉기가
일자 칠레는 물론 전 세계가 경악을 금치 못했다. 드러난 경제 지
표들이 긍정적이었기 때문인데, 사실 그 수치에는 자원의 배분 양
태도, 칠레가 전 세계에서 가장 불평등이 심화된 나라라는 사실도
전혀 드러나지 않았던 게 문제였다. 칠팔십 년대 피노체트 장군의

독재정권은 극단적 신자유주의 경제 모델을 제안하며 수돗물과 같은 기본적인 공공서비스를 비롯해 거의 모든 공공서비스를 민영화시켰고, 노동 시장은 혹독하게 억압하면서 자본에는 거의 백지 위임장을 주다시피 했다. 이런 정책이 얼마간 경제 '붐'을 가져온 건 사실이다. 하지만 동시에 일부에 부가 편중되는 현상이 아무런 차단 장치 없이 지속되었고, 대부분의 국민은 저신용자로 전락해 힘겹게 생존해나가야만 했다. 또한 수치상으로는 빈곤율이 10퍼센트 아래로 떨어진 것도 분명하지만, 그 수치는 노동자 계층과 쥐꼬리만 한 연금을 수령해 살아가는 은퇴자들, 즉 소위 서민층에 폭넓게 만연한 빈곤을 담아내지 못하고 있었다. 이런 불만이 삼십 년이 넘도록 쌓이고 또 쌓여갔다.

2019년 10월 이후 수개월에 걸쳐 전국 곳곳의 주요 도시에서는 수백만의 시민들이 거리로 쏟아져 나와 시위 대열에 합류했다. 물론 처음에는 평화 시위로 시작되었지만, 시위는 곧 폭력적으로 변질됐다. 경찰은 독재 시대에조차 볼 수 없었던 무자비한 방식으로 폭력을 진압했다.

가시적인 지도자도 없고, 특정 정당들과 연계되지도 않았던 2019년의 민중 봉기는 저마다의 요구 조건을 내건 사회 각계각층으로 확산됐고, 그 속에는 원주민, 학생, 노동조합, 직업전문학교 등이 포함되었다. 물론, 페미니스트 그룹도 빠지지 않고 말이다.

#10.

"엄청난 공격을 받을 거다. 네 그런 생각들 때문에 값비싼 대가를 치르게 될 거라고." 걱정에 사로잡힌 엄마는 여러 번 내게 경고했다. 대략 스물다섯 살 무렵부터 나에게는 성품으로 보아하니 남편감을 찾는 건 고사하고, 자칫 잘못하면 애만 덩그러니 딸린 미혼모가 될 게 뻔하다는 일종의 딱지가 붙어 다녔다. 사실 그 당시 우리 여자들은 신랑감을 물었다 하면 다른 더 얍삽한 여자애들이 끼어들어 낚아채기 전에 서둘러 결혼을 해버리곤 했다. "얘야, 이사벨. 나도 마초이즘 때문에 폭발한 지경이었지만, 뭘 어쩌겠니?

세상이 원래 그런걸. 예나 지금이나 똑같이 말이야.” 이 또한 엄마 판치타가 늘 하던 말이다. 나는 책을 정말 많이 읽는 독서광이었고, 책을 통해 세상은 끊임없이 변화하며 인류도 진화한다는 사실을 배웠다. 다만, 변화는 절로 찾아오는 것이 아니라 숱한 전쟁을 동반한다는 사실도 함께 배웠다.

지금에 이르러서야 나는 내 급한 성격 탓에 엄마의 의지에 반하는 페미니즘 사상을 막무가내로 엄마에게 주입하려 했음을 인정한다. 엄마가 나와는 전혀 다른 세대 사람이란 걸 그때만 해도 이해하려 들지 않았던 것이다. 나는 우리 어머니 세대, 그리고 딸과 손녀 세대, 이 두 세대 사이에 낀 세대 사람이다. 내가 속한 세대는 20세기 역사상 가장 중요한 혁명을 꿈꾸고 추진했던 세대다. 아마 독자들은 1917년의 러시아 혁명이 20세기 최고의 기념비적인 사건이었다고 생각할지 모르겠지만, 사실 페미니즘이야말로 가장 심오하고, 가장 영구적인 혁명적 사건으로, 인류의 절반에 영향을 미치고, 수많은 사람들 사이로 확산되고 있으며, 우리가 속해 있는 이 문명이 언젠가는 훨씬 더 진화된 또 다른 문명으로 대체될 수 있으리라는 가장 견고한 희망이기도 하다. 이런 나의 생각에 엄마는 한편으론 매혹되기도 했지만, 동시에 두려워하기도 했다. 할아버지 세대의 삶의 가치 기준 속에서 성장했던 엄마에게는 그것이 제아무리 멋져 보여도 그 정체를 제대로 알지 못했으니 그저 구관이 명관이라는 심정이었을 것이다.

어쩌면 내가 독자 여러분에게 우리 엄마가 엄마 세대와

그 당시 사회상에 안주한 관습적이고 전형적인 중년 여성이라는 인상을 심어줬을지 모르겠다. 그러나 사실은 그렇지 않다. 판치타는 당대 여성에 드리워진 관습의 틀을 깨고 뛰쳐나간 사람이었다. 엄마가 내 걱정을 하는 건, 내가 집안 망신을 시킬까봐도 아니고 사고방식이 고루해서도 아니었다. 그저 나를 너무나 사랑했고, 본인이 겪은 개인적 경험이 선재했기 때문이었다. 장담하건대, 엄마는 스스로 인식하지도 못한 가운데 내게 반란의 씨앗을 심어주었다. 다만 엄마와 나 사이에 차이점이 있다면, 엄마는 시골에서 가축을 키우면서 그림도 그리고 재 넘어 여기저기 산책도 즐기는 그런 삶을 동경했으면서도, 외교관인 남편이 때론 아내와 상의 한 마디 없이 어디로 부임할지를 결정하고, 사람들이 우글우글한 도시의 삶을 강요하는데도 불구하고 남편의 바람을 우선시 하여 자신이 꿈꾸던 삶을 접었다는 점이다. 엄마와 새아버지는 오랜 세월 동안 부부간의 사랑을 이어오셨지만 갈등도 많았다. 특히 새아버지의 직업 자체가 엄마의 감수성에 완전히 반하는 그런 것들을 요구했기 때문이다. 반면, 나는 어려서부터 매우 독립적이었다.

엄마는 나보다 이십 년이나 앞서 태어났기에 페미니즘의 물결에 올라탈 수 없었다. 그래도 페미니즘의 개념은 이해했기 때문에 자기 자신을 위해서라도 최소한 이론적으로는 페미니즘을 대환영했던 것으로 보인다. 물론 엄청난 노력 끝에 말이다. 그러나 그럼에도 불구하고 엄마 눈에는 페미니즘이 나를 망쳐버릴 위험천만한 유토피아였다. 결국, 사십 년 가까운 세월이 흐른 뒤,

그런 페미니즘이 나를 망쳐버리기는커녕 나 자신을 단단하게 단련시키고 내가 하고자 하는 거의 모든 일들을 해낼 수 있게 해주었다는 사실을 알게 되었지만 말이다. 나를 통해 엄마는 몇 가지 꿈을 이룰 수 있었다. 우리 수많은 딸들은 우리의 어머니들이 살 수 없었던 삶을 살아가기 마련이다.

#**11.**

.

나는 엄마와 많은 대화를 나눴다. 수없이 다투기도 했지만, 그렇게 어른으로 성장한 뒤 한 번은 인생의 성패에 대해 엄마와 아주 긴 대화를 나눈 적이 있었다. 그때 나는 엄마에게 엄마가 내게 경고했던 것처럼 수많은 공격을 받았지만, 한 번 주먹이 날아들 때마다 두 번씩 주먹을 내둘렀다고 했다. 사실 달리 견뎌낼 방법이 없었던 것이다. 어린 시절부터 내 안에 똬리를 틀기 시작한 분노는 시간이 흐를수록 더 커져만 갔고, 가정과 사회와 문화와 종교가 내게 부여하는 여자라는 제한적 역할을 그대로 수용할 생각이

사랑하는 여자들에게

없었기 때문이다. 나는 열다섯이 되던 해에 교회를 완전히 떠나버렸다. 하나님에 대한 신앙심이 없어서는 아니었다. 어차피 더 훗날 신앙심은 되찾았으니까. 그보다는 교회라는 조직 내에 본래부터 내재되어 있는 남성우월주의때문이었다. 나는 나를 이류 인간으로 취급하는 조직, 상부는 온통 남성들이 차지한 채 교리라는 완력으로 규범을 강요하면서도 자신들만 치외 법권적 혜택을 누리는 그런 조직의 일원이 될 수 없다.

나는 여전히 혼돈스러웠지만, 내가 할 수 있는 한도 내에서 나름의 방식으로 나 스스로를 여성으로 정의했다. 명확한 건 아무 것도 없었다. 훗날 기자 생활을 시작했을 때에도 뒤 따를 선행 모델이 없었기 때문이었다. 그러다 보니 합리적인 결정도, 의식 있는 결정도 아닌 오직 걷잡을 수 없는 충동만이 나를 이끌고 있었다. 나는 자신 있게 엄마에게 말했다. "엄마, 페미니즘적 삶을 위해 지금까지 내가 치른 값은 그야말로 헐값에 불과해요. 앞으로는 백배 천배 비싼 값을 치러야 할 거예요."

결국 할아버지에게도 이런 내 생각들을 더 이상 감추지 못하고 드러내야 하는 순간이 찾아왔다. 그런데, 무척 놀랄 일이 벌어졌다. 스스로 바스크 태생임에 자부심을 느끼며 살아온 고루한 사고방식의 독실한 가톨릭 신자이자, 멋 좀 부리는 고집불통에, 여성을 위해 의자를 빼주거나 문을 열어주는 전형적인 신사인 우리 할아버지가 천방지축 망아지 같은 손녀딸의 이야기를 들으며 눈살을 찌푸리기는 했지만, 그래도 끝까지 경청했던 것이다.

물론 나는 한 번도 목소리를 높이지 않았다. 숙녀라면 이렇게 예의범절을 지키고 품격 있게 행동해야 했기 때문이다. 할아버지의 반응은 내가 기대했던 것 이상이었으며, 심지어 한 세대 후대인 라몬 아저씨의 반응을 뛰어넘는 것이었다. 뭐 그렇다고 해서 할아버지가 손녀딸의 강박적 집념이나 페미니즘에 손톱만큼이라도 관심이 있었던 건 전혀 아니다.

#12.

라몬 아저씨가 구축한 세계는 완벽했다. 그는 닭장 속에서도 가장 높은 횃대에 올라 앉아 있었고, 그런 규범에 대해 토를 다는 사람은 아무도 없었다. 예수회에서 운영하는 학교에 다녔기 때문에 긴 긴 토론을 벌이는 걸 그 무엇보다 좋아했다. 논쟁을 벌이고, 반격하고, 설득하고, 승리하고……. 아, 정말 황홀한 경험일 것이다!

라몬 아저씨는 나와 온갖 주제에 대해 토론하곤 했다. 신과 악마의 시험에 빠졌던 성서 속 욥의 고난으로부터(라몬 아저씨는 욥을 우둔한 인간이라고 주장했고, 나는 성스러운 인간이라고 주장했다) 나폴레옹에 이르기까지(라몬 아저씨는 나폴레옹을 숭배했기 때문에 나에게도 그러라고 했다) 그야말로 모든 것이 주제였다. 물론 늘 토론의 끝은 내가 자존심을 굽히는 걸로 마무리됐다. 예수회 신부님들에게서 배운 현란한 지적 검술에서 내가 아저씨를 이겨낼 도리는 없었다. 여하튼 아저씨는 마초이즘이라는 주제를 따분해했기 때문에 이 주제로 아저씨와 논쟁을 벌여본 적은 없다.

레바논에 살 때, 한 번은 아저씨한테 나랑 같은 기숙사에서 지내고 있던 친구 샤밀라 얘기를 했다. 그 친구가 방학 동안 파키스탄으로 돌아가 가족과 함께 지내야 한다며 눈물 바람을 했기 때문이었다. 내가 다니던 학교는 영국계 학교였다. 개신교 신자들, 가톨릭 신자들, 마론교 신자들, 유대교 신자들이 뒤섞여 있었고, 샤밀라 같은 회교도도 일부 있었다. 샤밀라가 들려준 얘기에 따르면, 어머니가 돌아가시자 아버지가 자신을 모국에서 멀리 떨어진 레바논의 기숙학교에 보냈다고 했다. 외동딸인 샤밀라가 '몸이라도 더럽힐까' 걱정되었던 것이다. 딸이 자칫 실수라도 하는 날엔 가문의 불명예가 되는 것이고, 더럽혀진 명예를 회복하는 길은 피로 대가를 치르는 길뿐이었기 때문이다. 샤밀라에게 처녀성은 목숨보다 소중한 가치인 셈이다.

샤밀라가 고향집에 도착하자 두 눈을 부릅뜨고 그녀를 감시하는 집사 아주머니가 달라 붙었다. 전통적 사고에서 한 발짝도 벗어나지 않은 아버지는 기숙사 생활을 하면서 딸이 서구 문명에 물든 것을 보고는 기겁했다. 행동이 반듯하고 말 잘 듣는 딸이라면 외출 시에 얼굴을 드러내지 말아야 하고, 사람들의 눈을 쳐다봐서도 안 되며, 절대로 혼자서 외출하지 않고, 음악을 듣거나 책을 읽어서도 안 될 뿐 아니라, 남자와 대놓고 대화를 나누어서도 안 되었다. 그런 모든 것은 남자인 아버지나 할 수 있는 일이었다. 샤밀라는 아버지가 자신보다 서른 살이나 많은, 얼굴 한 번도 본 적 없는 상인과 결혼하라고 하자 과감하게 대들었다가 매질을 당하고 방학 내내인 두 달 동안 꼼짝없이 갇혀 지내야 했다. 아버지의 매질은 반복되었고 결국 샤밀라는 굴복하지 않을 수 없었다.

방학이 끝나고 다시 학교로 돌아왔을 때, 그녀는 깡말라 있었고, 졸업식에서도 침울한 표정으로 한마디 말도 없이 졸업장을 받아들더니 조용히 짐을 챙겨 떠났다. 이미 그녀는 과거 내가 알던 샤밀라가 아닌, 샤밀라의 껍데기에 불과했다. 샤밀라를 가혹한 운명에서 벗어나도록 하기 위해서는 당장에라도 샤밀라를 탈출시켜 칠레 대사관으로 대피시켜야 한다는 생각이 들었다. 나는 급히 라몬 아저씨를 찾아갔다. "말도 안 될 소리. 생각해봐라. 가족들이 엄연히 버티고 있는데 아직 미성년자인 애를 빼돌렸다고 나에게 비난의 화살이 쏟아질 거다. 아마도 국제 문제로 비화될 걸. 그건 한 마디로 유괴거든. 네 친구 일은 안타깝다만, 네가 어떻게 해줄 수 있는 일이 아닌 것 같다. 그저 네가 그 아이가 아닌 걸 감사하게 생각하렴." 아저씨는 이렇게 말하고는 파키스탄에서 수백 년을 이어온 전통문화를 뒤바꾸는 것 보다는 다소 덜 야심 찬 이상을 꿈꾸는 게 좋겠다며 나를 설득하려 들었다.

사실 예멘, 파키스탄, 인디아, 아프가니스탄을 비롯해 일부 아프리카 국가, 특히 시골 지역에는 여전히 강제적인 조혼 문화가 자리 잡고 있다. 또한 유럽 이민자들 사이에도, 미국의 경우 일부 특정 종교 집단 내에도 이 문화가 존재하는데, 이런 문화는 결국 어린 소녀들에게 신체적·정신적으로 심각한 결과를 초래하곤 한다. 사회운동가인 스테파니 싱클레어는 어린 나이에 아버지나 할아버지뻘 되는 남성들과 강제 결혼한 소녀들과 미처 임신과 출산을 위한 준비도 되지 않은 나이에 아이를 낳은 어린 엄마들을 사진 찍고, 고증 자료를 만드는 데 인생의 대부분을 헌신했다.*

* 관련 자료는 https://stephaniesinclair.com/에서 볼 수 있다.

#13.

우리 할아버지는 부부의 역할이 매우 명확하게 구분된다고 했다. 남편은 돈을 벌고, 가족을 보호하고, 지시를 내리는 사람이고, 아내는 남편을 받들고, 집안일을 하고, 지시에 복종하는 사람이라는 것이다. 그래서 결혼이 남자에게는 꽤 괜찮은 일이지만, 여자에게는 밑지는 장사라고 주장했다. 그 당시로는 너무 앞선 생각이었는지 모르겠지만, 이제 와 보면 확실히 증명된 일 아닌가. 세상에서 가장 행복한 사람들이 결혼한 남자들과 결혼 안 한 여자들이라니 말이다. 여하튼 우리 할아버지는 엄마의 결혼식 날 엄마 손을 잡고 입장해 제단을 향해 걸어가는 그 순간까지도 여러 차례 엄마에게 지금이라도 늦지 않았으니, 돌아서서 신랑을 버리고 하객들에게 정중히 작별 인사를 해도 된다고 말했다.

그리고 수십 년 뒤, 내가 결혼식장을 들어설 때도 똑같은 말을 했다.

결혼에 대한 이런 급진적인 사고에도 불구하고, 사실 할아버지의 여성관은 철저히 전통적이었다. 전통과 문화를 정하는 건 과연 누가 할 일일까? 당연히 남자다. 여자들은 그 결정에 토 달지 않고 수용하면 될 뿐이다. 할아버지에 따르면, 나는 그 어떤 상황에서도 '숙녀'다워야 했다. 우리 집안에서 '숙녀'가 갖는 의미가 무엇인지를 굳이 설명하려 들 생각은 없다. 말로는 설명하기가 어렵기 때문이다. 그렇지만 딱 들어맞는 예를 하나 들 수 있다. 말을 아끼면서도 다정한 느낌을 주며 기품이 넘치는 고(故) 엘리자베스 영국 여왕이 그 주인공이다. 여왕은 한창 젊었던 1960년대에도 이미 빈틈없이 행동했고, 그런 행동거지는 남은 평생동안 꾸준히 이어졌다. 뭐 최소한 대중들에게 보이는 모습에서는 그래왔다. 우리 할아버지 눈에는 여자들, 특히 내 또래의 젊은 여성들이 아무도 관심 갖지 않을 게 뻔한 자신의 의견을 표명하는 것이 마뜩찮아 보였고, 페미니즘에 대한 내 견해 같은 것들이 바로 그런 것에 속했다.

어쨌거나 나는 할아버지로 하여금 내가 깜빡 잊고 집에 두고 나온 시몬느 드 보부아르의 책《제2의 성》과 몇몇 글들을 읽게 만드는 데 성공했다. 물론 할아버지는 모른 척 잡아떼곤 했지만 몰래 숨어 읽은 게 분명했다. 내 강력한 주장에 할아버지는 다소 긴장했지만, 그래도 여성들이 얼마나 부당하게 궁핍에 시달리는지, 건강도 보호받지 못하고 교육도 제대로 받지 못하며 인신매매와 전쟁, 자연환경 파괴, 인권 유린 등의 희생자가 되고 있는지에 대해 융단 폭격이라도 하듯이 쏟아내는 나의 말을 가만히 들어주곤 했다. "넌 도대체 그 많은 자료를 다 어디서 주워 모은 거냐?" 할아버지는 미심쩍다는 표정으로 물어보곤 했다. 그런데 솔직히 나도 잘 모르겠다. 구글이 세상에 나오기 사십여 년 전이었기 때문에 내가 정보를 얻을 수 있는 출처는 매우 한정되었기 때문이다.

"할어버지랑 라몬 아저씨 심기를 건드리지는 마."

엄마가 늘 타이르곤 했다.

"뭐든 소란 피우지 말고 품위 있게 해야 하는 법이란다."

하지만 나중에 더 자세히 얘기하겠지만, 페미니즘이라는 게 소란 피우지 않고서는 도저히 들이밀 수 없는 것이다.

#14.

열일곱 살에 내가 처음 얻은 일자리는 산림 통계 자료를 다루는 비서직이었다. 첫 월급을 받고서는 엄마에게 진주 귀걸이를 선물했고, 그 다음 달부터는 결혼자금을 모으기 위해 열심히 저축을 시작했다. 나 같은 여자애는 결혼 같은 건 힘들 거라는 부정적인 예상들에도 불구하고 용케도 남자친구가 생겼기 때문이다. 내 남자친구 미겔은 키가 크고, 영국인 엄마와 독일인 할아버지의 혈통을 이어받은, 다소 내성적인 성격의 공학도였다. 일곱 살 때부터 영국 기숙학교에 들어가 살았는데, 거기서는 칠레에서는 보기 드물게 회초리로 때려가며 대영제국에 대한 애정과 빅토리아 왕조의 미덕을 주입했다.

그 사람은 정말 좋은 사람이었고, 나는 낭만적인 성격인 데다 사랑에 푹 빠져 있었기 때문에 결사적으로 그를 놓치지 않으려고 애썼다. 겉으로는 대놓고 페미니스트라고 떠들어대고 있었던 것과는 모순되지만, 사실 한편으로는 속절없이 노처녀로 늙어갈까봐 두렵기도 했던 것이다. 결국 스무 살이 되던 해에 나는 미겔과 결혼했다. 엄마는 안도의 한숨을 내쉬었고, 할아버지는 손주 사위를 앉혀놓고는 망아지 길들이듯이 초장에 나를 휘어잡지 못했다가는 두고두고 골치 아프게 될 거라며 단단히 주의를 주었다. 반면 나는 다소 냉소적인 심정으로 나 자신에게 묻고 있었다. 정말 죽음이 우리 두 사람을 갈라놓을 때까지 남편을 사랑하고 존경하며 그에게 복종하겠다는 서약을 지킬 생각인지를.

미겔과 나 사이에 파울라와 니콜라스가 태어났다. 나는 아내와 엄마의 역할을 충실히 수행하기 위해 최선을 다했다. 그러나 나의 뇌는 흐물흐물 물러져가고 있었고, 갑갑해 죽을 것 같았지만 그 사실을 인정하고 싶지 않았다. 해야 할 일은 너무 많았고, 하루 종일 약 먹은 쥐새끼 모양으로 이리저리 뛰어다녔다. 그래야만 생각에 몰두하는 것을 피할 수 있었으니까. 남편을 사랑했고, 어린 두 아이와 함께했던 시간을 여전히 행복한 시간으로 기억하고 있지만, 초조함으로 가득한 나의 내면은 이미 새카맣게 타들어가고 있었다.

#15.

1967년. 그 즈음 출시된 페미니즘 성향의 여성 잡지 〈파울라〉에 기자로 입사하면서 내 삶의 모든 것이 달라져버렸다. 잡지 이름 〈파울라〉와 내 딸 이름 '파울라' 사이에는 아무런 연관이 없다. 당시 파울라라는 이름이 상당히 유행하고 있었을 뿐이다. 잡지사 편집장 델리아 베르가라는 미모의 젊은 기자로, 유럽에서 살아본 경험이 있어서인지 자신이 만들고자 하는 잡지에 대한 아주 명확한 비전이 있었다. 그랬기 때문에 머릿속에서 작은 팀이지만 팀 구성을 어떻게 해야 할지 이미 그려놓고 있었다. 그 잡지 〈파울라〉가

사랑하는 여자들에게

좌절감에 빠져 질식사해버릴 것만 같던 나를 구해냈다.

이십대 여성 네 명으로 구성된 우리 팀은 언제든지 위선 그 자체인 '칠레 성性'이라는 것을 한바탕 뒤흔들어 놓을 준비가 되어 있었다. 우리가 살고 있는 칠레라는 나라는 사회적으로는 매우 보수적이며, 정신적으로는 촌뜨기 같은 사고를 했고, 관습은 19세기에서 하나도 달라진 게 없었다. 우리 넷은 유럽과 미국에서 들여온 잡지와 책을 탐독하며 영감을 떠올렸다. 실비아 플라스*와 베티 프리단†은 물론 저메인 그리어‡와 케이트 밀레트§를 포함한 다양한 작가들의 저서를 읽으면서 우리의 생각을 명확히 했고, 달변으로 그 생각들을 표명해낼 수 있게 되었다.

나는 유머를 선택했다. 사람들의 얼굴에 미소를 불러올 수 있다면, 제아무리 대담무쌍한 이념이라 하더라도 받아들여질 가능성이 있음을 재빨리 간파했기 때문이었다. 그렇게 해서 탄생한 것이 내가 연재한 〈당신의 야만을 문명화하라〉라는 칼럼이

*   Sylvia Plath(1932~1963) 미국의 시인이자 소설가. 자전 소설인 《벨 자》로 명성을 얻었다.
†   Betty Friedan(1921~2006) 미국의 여성학자.
‡   Germaine Greer(1939~) 20세기 후반의 가장 중요한 페미니스트로 꼽힌다. 영국 워윅대학교에서 오랫동안 영문학과 비교문학을 가르쳤다. 1970년에 그녀의 첫 번째 책이자 가장 유명한 책 《여성, 거세당하다》가 출간되었고, 곧장 세계적인 베스트셀러가 되었다. 이 책은 성의 자유를 통한 여성 해방을 주장한다. 페미니스트 사이에서도 찬사와 비판을 동시에 받았다.
§   Kate Millett(1934~2017) 미국의 페미니스트·작가·화가. 1970년에 출간한 《성의 정치학》은 전세계 페미니즘 운동에 영향을 주었다.

었다. 그 칼럼에서 나는 남성우월주의를 비아냥댔다. 무슨 운명의 장난인지 내 칼럼이 남성들 사이에서 꽤나 인기를 얻었다. 남자들은 곧잘 "내 주변에 당신 칼럼 속 그 야만인과 꼭 닮은 녀석이 하나 있어요"라고 말하곤 했다. 항상 "닮은 녀석 하나"였다. 그런가 하면 반대로 일부 여성 독자들은 지속적인 위협감에 시달리기도 했다. 내 칼럼이 가정이라는 세계의 근간을 통째로 뒤흔들고 있었기 때문이다.

난생 처음 안도감이 피부로 느껴졌다. 알고 보니 나는 외로운 괴짜가 아니었던 것이다. 이 세상 곳곳의 수백만의 여성들이 나와 똑같은 불안감을 갖고 있었던 것이다. 이미 안데스 산맥 너머 반대편에는 여성의 자유를 추구하려는 움직임이 있었고, 우리는 우리가 만드는 잡지를 통해 칠레에도 그 움직임을 전파하고자 했다.

나는 내가 탐독했던 외국의 여성 지성들로부터 목적 없는 분노는 무익하다 못해 때론 유해하기까지 하다는 걸 배웠다. 정말로 뭔가를 바꾸고 싶다면 행동해야 한다는 것이다. 그리고 잡지 〈파울라〉가 어린 시절부터 나를 번민하게 했던 끔찍한 불안을 행동으로 옮길 수 있는 기회를 내게 주었다.

마침내 쓸 수 있게 된 것이다! 잡지를 통해 깨부수고 싶은 금기시 된 주제들이 산더미처럼 쌓여 있었다. 섹스, 돈, 차별법, 마약, 순결, 폐경, 피임, 알코올중독, 낙태, 매춘, 시기심 등등 하나같이 여성들과 직결되는 주제들이었다. 물론 우리는 가족 구성원 중 단 한 명에게만 전적으로 희생과 헌신을 강요하는 '모성'과 같은 숭고한 주제도 다뤘다. 가정 폭력과 여성의 부정에 대한 논의도 담아냈다. 사실 여성의 부정이라는 주제는 절대로 대놓고 드러내지 않는, 남성들만의 전유물이었다. 솔직히 바람피우는 남자들 수만큼 그렇게 많은 여자들이 바람을 피우는가는 계산해보면 바로 답이 나오는 문제다. 답이 '아니다'일진데, 그 많은 바람둥이 남자들은 도대체 누구랑 잠자리를 한다는 걸까? 결국 그들의 상대는 자신의 자발적 의지로 그들과 잠자리를 하는 여자들이 다가 아니란 얘기다.

우리 네 명은 입에 칼을 무는 심정으로 글을 썼다. 우리가 바꾸고자 하는 것은 과연 무엇이었던가? 바로 이 세상이었다. 우리는 젊은 호기로 십 년 내지 십오 년 정도면 그 일을 해낼 수 있을 거라 믿었다. 그리고 그로부터 이미 반세기의 세월이 흘러버렸는데도 여전히 갈 길은 멀기만 하다. 그렇지만 나는 여전히 언젠가는 우리가 그 일을 해내리라는 확고한 믿음을 지니고 있다. 당시 나와 함께 했던 세 명의 동료들도 나처럼 노인네가 되어버렸지만 그들 역시 믿음을 잃지 않고 있다. 요즘은 '노인네'라는 표현이 다소 경멸조로 쓰여서 동료들에게는 좀 미안한 마음이 들지만, 사실 일부러 그 표현을 써봤다. 나는 노인네가 된다는 게 가슴 뿌듯하기 때문이다.

내가 살아온 한 해 한 해, 내 얼굴에 새롭게 자리 잡은 주름살 하나하나가 나를 이야기해주니까.

#16.

사회운동가이자 시인인 실비아 플라스는 늘 여자로 태어난 것이 생애 최대의 비극이라고 말했다. 내 경우에는 축복이었는데 말이다. 직접 페미니즘 혁명에 참여할 수 있었고, 페미니즘이 점차 공고해지면서 느릿느릿 게걸음일지언정 문화도 바뀌어갔기 때문이다. 하루하루 살아온 세월이 길어질수록 나는 여성이라는 젠더에 속한 게 점점 더 좋아지고 있다. 특히 파울라와 니콜라스를 낳을 수 있었기 때문에 더욱 그렇다. 남자들은 죽어도 경험할 수 없는, 출산이라는 그 놀라운 경험이야말로 나의 존재를 규정한다.

내 생애 최고로 행복했던 순간은 갓 태어난 내 아이들을 품에 안았을 때였다. 그리고 가장 고통스러웠던 순간은 내 품 안에서 사경을 헤매는 딸 파울라를 지켜볼 때였다.

물론 여자로 태어난 게 늘 좋았던 건 아니다. 어린 시절에는 누가 봐도 남자 형제들의 앞날이 나의 미래보다 훨씬 창창할 것임이 분명했기 때문에 남자가 되고 싶었다. 그러나 내 몸 안의 호르몬은 나를 배신했고, 열두 살 무렵에는 이미 허리가 잘록해지고 가슴이 봉긋해져버렸다. 끝내 내가 남자가 될 수 없다는 깨달음이 머릿속을 맴돌았고, 그 무렵부터는 남자가 될 수 없더라도 최소한 남자처럼 살 수는 있지 않을까 싶었다. 집요함과 노력, 그리고 운이 닿은 덕분에 실제로 나는 그렇게 살 수 있었다.

논리적으로 보자면 나처럼 여성이라는 조건을 만족스럽게 생각하는 여성은 매우 드물 수밖에 없을 것이다. 여자라는 조건이 마치 신의 저주이기라도 하듯 끝없는 불평등을 감내해야 하기 때문이다. 그러나 실상은 온갖 부당함에도 불구하고 대부분의 여성들은 스스로 여자임에 만족해한다. 남자인 게 더 나빠 보이는 것이다. 다행히도 여성들에게 주어졌던 갖가지 제약들을 극복해가면서 여성이라는 사실에 만족해하는 여성의 숫자는 점점 늘어나고 있다. 삶의 여정 속 고단함과 실패에 과감히 맞서기 위해, 이제 여성들에게 필요한 것은 뚜렷한 비전과 심장을 가득 채운 열정, 그리고 영웅적인 의지다. 우리가 우리의 딸과 손녀들에게 심어주고자 하는 것도 바로 그것이다.

#17.

많은 여성 친구들과 지인들에게 여러 차례 여성이라서 좋은지, 좋다면 왜인지 물었다. 젠더라는 개념이 자연스러운 요즘 같은 시절에는 질문이 뭐 이런가 싶겠지만, 단순 명료를 추구한다는 맥락에서 나는 그냥 '여성', '남성'이라는 어휘를 쓸 생각이다.

  인터뷰에서 그녀들은 여성은 공감 능력이 뛰어나고 그래서 남성에 비해 연대감이 강하며 더 강인하기 때문에 자신이 여성인 게 맘에 든다고 했다. 여성은 아이를 출산하는, 즉 생명을 부여하는 존재이지 결코 소멸시키는 존재가 아니다. 인류의 또 다른 절반을 구원할 수 있는 유일한 존재도 바로 여성이다. 우리 여성의 소명은 생명을 키우는 것이며, 파괴는 남성의 것이다.

물론 여성 중에도 최악의 남성만큼이나 나쁜 몹쓸 여성들도 있다면서 이 의견에 반론을 제기하는 사람도 있었다. 맞는 말이다. 그렇지만 거대한 포식자들은 늘 남성들이다. 폭력 범죄의 90퍼센트는 남성에 의해 저질러진다. 전시나 평화시나, 집에서나 직장에서나, 그 어떤 상황에서도 남성은 힘을 과시하는 존재이며, 우리가 경험하고 있는 탐욕과 폭력적 문화의 책임자는 바로 남성이다.

사십 대인 한 여성은 이 모든 게 공격성과 경쟁의식, 권력욕을 불러일으키는 테스토스테론 때문이라고 지적했다. 그녀는 부인과에서 아랫배에 바르면 성욕이 증강된다는 크림 타입의 호르몬제를 처방받은 적이 있었는데, 그 약을 바르고는 수염이 자랐을 뿐 아니라 운전을 하는 중에 차 앞으로 사람이 보이기라도 하면 그대로 받아버리고 싶은 충동이 이는 통에 사용을 중단할 수밖에 없었다고 털어놓았다. 그러면서 면도를 하거나 분노에 사로잡혀 길거리를 서성거리느니 차라리 성욕 감퇴를 받아들이고 사는 편이 낫다는 결론을 내렸다고 했다.

그녀들은 하나같이 '여성다움'에는 일종의 자유로움이 있다고들 했다. 남자들은 감정을 억누르는 훈련을 받고 있으며 '남성다움'이라는 갑옷 안에 갇혀 있다는 것이다.

이 설문 조사에 참가한 한 참가자는 남자들에게도 어

머니가 있으니, 어머니들이 아들을 키울 때 좀 더 유한 인간으로 성장시킬 수 있을 것이라고 했다. 그 말에 나는 깨어 있는 여성만이 자녀의 의식을 단련시킬 수 있음을 상기시켰다. 역사적으로 볼 때, 어머니들은 결코 가부장제에 맞설 수 없었다. 21세기에 들어선 지 한참 된 오늘날조차도 수십 세기를 이어온 마초이즘 전통의 희생양이 되어 남성에게 종속된 채 교육조차 받지 못하고 고립된 삶을 살아가는 여성들은 관습을 바꿀 수도, 그러기 위해 필요한 지식을 획득할 수도 없다.

그렇지만 나는 그렇게 할 수 있었다. 나는 더 이상 아들을 키울 때 명령만 내리도록 하는 마초이즘을 허용하지 않았고, 딸을 키울 때는 그런 상황을 감내하라고 가르치지 않았다. 실제로 딸 파울라를 키울 때에도 그렇게 했고, 아들 니콜라스를 키울 때에도 의식적으로 그렇게 했다. 나는 도대체 내 딸에게 무엇을 바랐던 걸까? 내가 바랐던 건 내 딸이 더 많은 선택지를 갖는 것, 그리고 두려움 없이 삶을 맞닥뜨리는 것이었다.

그렇다면 아들에게 바랐던 건 무엇이었을까? 나는 내 아들이 여성의 적이 아닌, 좋은 동료가 되기를 바랐다. 나는 집안에서부터 여자는 남자를 섬겨야 한다는 칠레 사회에 깊이 뿌리 내린 규범에 내 아이들을 예속시키지 않았다. 오늘날에도 여전히 주변에는 어려서부터 남자 형제들의 이부자리를 정리하고 빨래를 도맡아 하며 성장하는 어린 소녀들이 있다. 그 소녀들은 자연스럽게 어른이 되어서도 남자친구나 남편에게 시녀처럼 굴게 된다.

니콜라스는 젖먹이 시절부터 성평등 개념을 배웠다. 내가 바쁜 일이 있을 때에는 누이가 교육을 담당하기도 했다. 현재 니콜라스는 내가 설립한 재단 운영에 활발하게 참여하고 있으며, 날마다 마초이즘이 가져온 결과를 목격하고 그 심각성을 완화하기 위해 노력하고 있다.

가장 남다른 생각을 갖고 있는 건 엘레나였다. 엘레나는 온두라스 태생으로 일주일에 한 번씩 우리 집 청소를 도와주는 도우미였다. 그녀는 이십오 년 째 미국에 살면서 자녀를 키우고 있는 불법 체류자였다. 영어는 거의 한마디도 하지 못했으며, 언제 불법 체류자 신분이 발각되어 남편처럼 추방당할지 모른다는 불안감을 안고 있으면서도 정말 열심히 살았다. 그녀는 내가 아는 사람 중에서 성실하고 책임감 강하기로는 첫 번째로 꼽히는 인물이기 때문에 늘 일감이 넘쳤다. 한번은 그녀에게 여자로 태어난 게 좋으냐고 물었더니 참 별난 질문을 다 한다는 듯한 눈으로 날 쳐다보며 대답했다. "아휴, 이사벨 여사님, 좋고 말고가 어딨어요? 여자가 팔자인데 불만 같은 거 가져봐야 뭘 어쩐다고요."

주변 지인들에게 이런 질문들을 던져본 후 나는 같은 질문을 남성 지인들에게도 해봐야겠다는 생각이 들었다. 남자라서 좋은가? 아니면 여자인 게 나을 것 같은가? 그렇다고? 아니라고? 이유는? 그런데 이 이야기를 하자면 또 원고 쉰 장은 써야 할 것 같으니, 이 문제는 잠시 덮어두고 뒤로 미루기로 하겠다.

#**18.**

이 세상 대부분에는 젊음과 미모와 성공을 중시하는 문화가 팽배해 있다. 이런 문화의 바다에서 항해하기란 그 어떤 여성에게도 결코 쉬운 일이 아니다. 대부분은 난파할 게 분명하다. 미모는 젊은 시절의 거의 모든 여성이 집착하는 문제다. 나 역시 나이 오십이 되도록 이 문제에서 당당하지 못했다. 스스로 내 외모가 너무나도 볼품없다고 늘 생각했다. 내 비교 대상은 과연 누구였을까? 잡지 〈파울라〉를 만들 때에는 하나 같이 미모가 빼어났던 내 동료들과, 주변에 득시글거리는 모델들, 해마다 우리가 조직에 관여했던 미스 칠레 선발대회 출전자들이었다. 그때 내가 과연 어떤 생각을 했겠는가? 그 후에는 베네수엘라에 살았다. 그 나라는 유난히도 풍만하고 아름다운 여성이 많아, 해마다 국제 미인대회에서 상을 휩쓸곤 했다. 다른 건 필요 없고, 그저 베네수엘라의 해변에 한 번만 나가봐도 도저히 어쩔 수 없는 극심한 열등감에 빠져들지 않을 수 없었다.

광고와 시장, 예술, 미디어, 사회적 관습 등이 우리에게 부과하는 틀에 우리를 맞추는 것은 불가능하다. 그들은 그렇게 바닥으로 추락해버린 우리의 자존감을 자극하며 물건을 팔고 우리를 통제하려 든다. 여성을 대상화하는 행태는 주변에 너무도 만연해 있어서, 사실 젊은 시절엔 그런 사실을 감지조차 하지 못한 채 우리 스스로를 노예화해버린다. 페미니즘도 그런 노예 생활에서 우리를 구원하지 못했다. 오로지 나이가 들면서 우리 자신이 눈에 띄지 않는 존재로 화하고, 그래서 더 이상 타인의 욕망의 대상이 되지 않을 때, 또는 어떤 생의 비극이 우리를 뼛속까지 뒤흔들어 존재의 근간을 맞닥뜨릴 때라야 비로소 그 문제에서 자유로와진다. 개인적으로 나는 쉰 살에 딸 파울라를 먼저 떠나보내면서 그런 경험을 했다. 그렇기 때문에 나는 정형화된 고정 관념을 타파하기 위해 늘 깨어 있는 젊은 페미니즘을 적극 지지한다.

나는 하얀 피부, 크고 늘씬한 몸매의 젊은 여성이라는 유럽 중심적인 이상적 여성상을 그대로 받아들이는 걸 거부한다. 그렇지만 주변을 아름다움으로 채우려는 본능은 적극 지지한다.

우리는 자신의 몸을 아름답게 치장하고 주변도 아름답게 장식하려 한다. 뭔가 조화로움을 추구하고자 알록달록한 다채로운 직물을 만들어내고, 진흙 벽돌담에 벽화를 그리는가 하면, 도자기를 굽거나 뜨개질을 하거나 바느질을 하기도 한다. 그런데 여성들의 이런 창작 활동은 수공예라 불리며 싼값이 팔려나가고, 남성이 같은 일을 하면 예술이라 불리며 비싼 값에 거래된다. 마우리치오 카텔란이 마이애미의 한 갤러리 벽에 스카치테이프로 붙여놓은 바나나 하나에 12만 달러의 가격표가 붙은 게 그 대표적인 예다. 우리는 자신을 아름답게 꾸미고픈 욕망으로 인해 별것 아닌 장신구의 유혹에 넘어가기도 하고, 립스틱 하나가 우리의 운명을 좀 더 멋지게 바꿔줄지도 모른다는 허상에 사로잡히기도 한다.

사랑하는 여자들에게

#19.

다른 종들에서도 그렇지만, 인간 사회에서도 수컷들은 허세깨나 부린다. 화려한 외형을 뽐내며, 울음을 울어대고, 깃털을 잔뜩 부풀려 최고의 암컷을 끌어들인 뒤 제 씨앗을 뿌린다. 종의 번식이라는 생물학적 요구는 꺾이지 않는 본능이다. 그리고 그 목적을 달성하는 데 아름다움은 매우 중요한 역할을 담당한다.

내 친구 중 하나는 곧잘 휴대전화로 이국적인 형상의 조류 사진을 보내오곤 한다. 깃털의 형상과 색깔이 서로 멋지게 배합되게 하는 자연의 상상력은 가히 경이로울 지경이다. 중앙아메리카 밀림에 서식하는 아주 작은 수컷 새는 보잘 것 없어 보이는 암컷 한 마리를 유혹하기 위해 일곱 빛깔의 빛을 뿜어낸다. 조류에서는 형형색색의 화려함을 자랑하는 건 수컷이고, 암컷은 훨씬 형편없는 생김새를 가지고 있다. 아, 진화의 아이러니라니! 여하튼 그 수컷 새는 근처에서 마땅한 암컷을 발견하게 되면 햇볕 잘 드는 장소를 물색한 뒤, 부지런히 자신의 깃털과 겨룰법한 나뭇잎, 나뭇가지 등등을 치워버리며 깨끗하게 청소한다. 그리하여 번듯한 둥지가 완비되면 그 한 가운데 자리 잡은 뒤 노래를 불러댄다. 초록빛 꼬리 깃털을 부채처럼 활짝 펴고 찬란한 빛을 발한다. 밀림은 한껏 우쭐대는 음유 시인과도 같은 이 수컷의 아름다움에 그저 고개 숙이고 잠잠할 뿐이다.

　　　　인간은 관능적인 피조물로, 소리와 색깔, 향기, 질감, 맛 같은 오감에 만족감을 주는 모든 것에 떨림으로 반응한다. 그렇다고 초록색 부채 같은 꼬리 깃털을 펼치는 그 작은 새가 우리에게 선사하는 현실 세계의 아름다움만이 우리를 감동시키는 것은 아니다. 인간이 창조해낼 수 있는 다른 모든 것 역시 감동을 줄 수 있기 때문이다. 수년 전, 내 손자들이 이제 겨우 다섯 살, 세 살, 두 살이었을 때, 나는 아시아 여행에서 돌아오면서 제법 큼지막한 나무 상자 하나를 가져왔다. 우리는 거실에 한데 모여 상자를 개봉했는데, 그 상자 속에는 높이 일 미터 정도 되는 설화 석고 조상이 들어 있었다. 두 눈을 감은 채 명상에 잠긴, 젊고 마른 평온한 표정의 부처였다. 손자들은 하나같이 장난감을 버려두고 달려와 한

참동안이나 넋을 잃은 듯 말없이 부처상을 들여다보았다. 마치 자신들이 매우 특별한 뭔가를 마주하고 있다는 사실을 완벽하게 이해하고 있는 것 같았다. 그로부터 여러 해가 흘렀지만, 여전히 내 손자들은 우리 집에 들어설 때마다 부처상 앞에서 인사를 올리곤 한다.

부모님이 돌아가신 뒤 부모님이 사시던 집을 정리하는 서글픈 일이 내게 맡겨졌다. 엄마는 새아버지와 새로운 부임지로 갈 때마다 부지런히 가구와 장식품, 좋은 물건들을 사들이고 싶어 했다. 그러나 쉬운 일은 아니었다. 라몬 아저씨는 전처와의 사이에서 낳은 자녀 넷과 우리 엄마가 데려온 자녀 셋까지, 총 일곱 자녀를 부양해야 해서 늘 돈에 쪼들렸기 때문이다. 다만 세월이 흐른다고 절로 품격이 갖춰지는 게 아니며, 돈을 들이지 않으면 그리 될 수 없다는 게 판치타의 지론이었다. 덕분에 판치타가 뭔가를 사들일 때마다 새아버지와 다툼이 벌어졌다. 부모님 집의 온갖 집기들은 전 세계 각지를 여행했는데, 그런 경험들이 모두 부가가치로 더해졌더라면 아마도 엄청난 가치를 지니게 되었을 것이다.

나는 엄마가 가슴 깃털이 초록색인 그 작은 새처럼 자기 자신을 위해 스스로 창조해낸 무대를 지켜보는 게 좋았다. 나 또한 엄마에게서 집을 예쁘게 꾸미려는 욕심을 물려받았다. 그렇지만 나는 이 세상에 영원한 것은 없으며, 모든 것은 변하고, 분해되고, 해체되고, 소멸된다는 것을 알았기에 아무런 집착도 갖지 않았다.

부모님의 유품을 정리하여 배분하는 과정에서 그동안 두 분이 수집해온 대부분의 것들이 무가치하다는 걸 알게 되었다. 현대의 삶 속에는 페르시아 융단의 먼지를 털어낼 시간도, 은식기를 윤이 나게 닦거나 크리스탈 식기를 손 설거지 할 시간도 없을 뿐더러, 액자를 걸 자리도, 그랜드 피아노나 고가구를 들여놓을 공간도 없기 때문이다. 엄마가 그토록 소중하게 보관해온 모든 것들 가운데 내게 남겨진 것은 사진 몇 장, 그리고 엄마가 너무도 불행했던 젊은 시절에 리마에서 그려진 초상화 한 점, 함께 모여 기도만 하는 모임인 '에르마나스 델 페르페투오 데소르덴'의 내 친구들에게 차 대접을 할 때 쓰던 오래 된 러시아 산 찻주전자 하나가 전부였다.

#20.

가족들이나 친구들 사이에서 자타공인 미녀로 불리는, 미녀다운 태도와 자신감을 지닌 스물다섯 살 된 한 여성이 내게 말했다.

"저는 일종의 특혜를 누리고 있습니다. 키도 크고 평균보다는 외모가 빼어난, 한 마디로 매력적인 여성이기 때문이죠. 그런데, 바로 그 때문에 성적 괴롭힘에 노출되어 있습니다. 이미 청소년 시절에 한 남자로부터 철저하게 이용당한 경험이 있습니다. 남자의 성적 학대와 굴욕적인 삶은 일 년 넘게 이어졌습니다. 그 남자가 두려웠어요. 다행히 제 가족이 무조건적 지지를 해줬고, 그 덕분에 중독성 강한 그 관계에서 벗어날 수 있었습니다. 저는 약자였고, 미숙했으며, 취약했습니다. 예쁜 것도 제 잘못이고, 그게 얼마나 위험한 것인지 미처 예상하지 못한 것도 제 잘못이죠."

　　나는 성범죄자의 악행으로 인해 피해를 입은 피해자가 스스로에게 죄를 전가하는 너무나도 상투적인 길로 접어드는 것을 가로막았다. 그녀가 그런 일을 당한 것은 예뻤기 때문이 아니라, 그저 여자였기 때문이었다.

#21.

흔히 사람들은 여성이 외모에 신경을 많이 쓰기 때문에 남성에 비해 훨씬 허영심이 많다고 생각한다. 그러나 사실 남성의 허영심이야말로 훨씬 더 뿌리 깊고 돈도 많이 든다. 훈장이 주렁주렁 매달린 군복을 보라. 또한 남자들이 얼마나 허세 부리며 근엄한 척하는지 보라. 여자들에게 탄복을 자아내고 동성인 남자들의 부러움을 자아내기 위해 마다하지 않은 온갖 극한의 행동들, 자동차나 총기류 같은 값비싸고 힘을 과시하는 놀잇감들을 보라. 결론은, 여성이나 남성이나 인간은 하나같이 유사한 차원에서 허영이라는 죄악을 범하고 있다는 것이다.

우리 엄마 판치타는 평생 아름다움을 간직했는데, 솔직히 그 아름다움이 곧잘 이점으로 작용했다는 건 인정하지 않을 수 없다. 엄마가 세 살 적에 찍은 사진을 보면 장차 대단한 미인이 될 것임을 예상할 수 있을 정도로 예뻤고, 구십 대에 찍은 사진을 보아도 예전에 참 대단한 미인이었겠다는 생각을 할 수 있었다. 다만, 외갓집에서는 사람의 외모에 대해 이러쿵저러쿵하는 게 점잖지 못한 행동이라 여겼으므로 외모 얘기를 하지 않았을 뿐이다. 우리 외갓집에서는 아이들이 외모를 가지고 으스대지 못하도록 외모를 두고 칭찬하지 않는 게 일상이었다. 학교 성적이 좋았다면 학생으로서 당연히 해야 할 공부를 열심히 한 덕분이고, 수영 대회에서 우승을 했다면 신기록을 세우기 위해 열심히 연습한 덕분인 것처럼, 여자 아이가 예쁘게 태어났다면 그저 좋은 유전자 덕분이므로 잘난 체할 하등의 이유가 없는 것이다. 나는 그런 분위기에서 성장했다. 그런 경험이 질곡의 삶을 견뎌낼 수 있도록 나를 단련시킨 셈이다.

그렇다고 해서 나의 이런 경험에 모두가 박수를 보낼 거라고 기대하지는 않는다. 왜냐하면 어린 손자들을 키울 때 내가 칠레에서 경험했던 그 양육 방식을 손자들에게 적용하려 했더니 아이 부모들이 하나같이 말렸기 때문이다. 아마도 인정머리라고는 손톱만큼도 없는 할머니가 어린 아이들에게 트라우마를 심어주는 게 아닌가 걱정했던 것 같다.

판치타는 자신의 미모가 얼마나 대단한지 평생 신경 쓰지 않고 살다가 중년이 되어서야 하도 사람들이 예쁘다, 예쁘다 하는 통에 결국 그런가보다는 생각을 하게 되었다. 실제로 내가 결혼 전 남자친구 로저를 칠레로 데려가서 부모님께 소개시켰을 때, 로저는 엄마의 미모에 탄복하면서 대단한 미인이시라고 했다. 엄마는 새아버지를 가리키더니 한숨을 내쉬며 로저에게 말했다. "저이는 한 번도 나한테 그런 말을 하지 않았다네." 그러자 라몬 아저씨가 불쑥 끼어들어 대꾸했다. "미인이기는 하지. 내가 자네보다 먼저 이 사람을 만나서 다행이고."

　　엄마는 생애 마지막 몇 달 동안에는 모든 면에서 간병해주는 누군가의 손길을 필요로 했다. 심지어 대소변조차 혼자 해결할 수 없게 되자, 엄마는 결국 도움을 받기로 하고 그 도움에 감사하다는 말을 하기도 했다. "누군가에게 기대고 살게 되면 사람이 겸손해지는 법이지." 엄마가 고백했다. 그러나 그 말의 여운이 아직 머릿속에서 사라지기도 전에 다시 이렇게 덧붙였다. "그렇지만 겸손이 허영심을 밀어내버리지는 못한단다."

　　엄마는 몸을 제대로 움직일 수 없는 동안에도 매일 고운 옷을 입었고, 매일 아침에 일어날 때와 밤에 잠자리에 들기 전에는 얼굴에 로션을 넉넉히 바르게 했다. 일주일에 두 번씩은 미용사가 집으로 와 엄마의 머리를 감기고 빗겼으며, 매일 화장도 했다. 물론 엄마는 곧잘 "얼굴에 덕지덕지 분 처바른 할망구야말로 가관이지"라고 말했기 때문에 화장할 때에는 아무도 모르게 살짝 해달라고 주문했다. 아흔이 훨씬 넘은 나이에도 엄마는 화장 후에 거울을 들여다보며 만족스러운 표정으로 말하곤 했다.

    "나이 때문에 좀 시들기는 했지만, 그래도 썩 나쁘지는 않네. 내 친구들 중에 몇이 아직 살아 있긴 한데, 걔들은 완전히 이구아나 같거든."

#22.

내가 엄마로부터 물려받은 허영심은 꽤나 오랫동안 내 안 저 깊은
곳에 고이 묻혀 있었지만, 원래 제 모습이 아닌 다른 모습을 추구
하는 사람들을 조소하는 할아버지의 말에 결국 밖으로 터져 나오
고 말았다. 할아버지가 언급한 원래 모습이 아닌데 그러려고 하는
행동에는 립스틱과 매니큐어도 포함되기 때문이었다. 태어날 때
부터 입술이 빨갛고 손톱이 빨갛게 물든 사람은 없으니까.

　　　　스물세 살에 나는 머리카락을 금발로 물들이고, 당시
한창 유행이던 '파마'를 했다. 할아버지는 고양이가 내 머리카락

에 오줌이라도 쌌냐고 물었다. 너무 무안해진 나는 할아버지가 전화해서 별일 없냐고 물을 때까지 며칠 동안이나 할아버지 댁에 가지 않았다. 할아버지는 다시는 내 머리에 대해 언급하지 않았고, 나 역시 할아버지의 말씀 하나하나에 신경 쓸 필요가 없음을 깨달았다. 그 사건 이후로 나는 내 안에 숨어있던 허영심을 가꾸기 시작한 것 같다. 물론 할아버지가 생각하는 죄악으로서의 허영심이 아니라, 심각한 정도가 아니라면 전혀 무해한, 작은 즐거움 정도로의 허영심을 말이다. 나는 나 스스로 그 정도를 허용한 것에 대해서는 후회하지 않는다. 다만, 이상적인 모습을 추구하는 과정에서 에너지와 시간과 돈을 제법 썼다는 사실은 인정한다. 물론, 종국에는 자연이 나에게 부여해준 타고난 것을 최대한 이끌어내는 것이 최선임을 깨달았다. 자연이 내게 준 게 그리 많지는 않지만 말이다.

나는 엄마 판치타의 외형적 장점을 별로 물려받지 못했기 때문에 허영심을 채우기 위해서는 많은 노력이 필요했다. 그래서 남들보다 한 시간 먼저 일어나 샤워를 하고 화장을 했다. 자고 깬 내 모습은 마치 한바탕 두들겨 맞은 권투 선수와 다를 게 없어 보였기 때문이다. 화장은 내 가장 친한 친구고, 내게 어울리는 옷은 신체 곳곳의 무너져 내린 흔적들을 은근슬쩍 감추어 눈에 띄지 않게 하는 데 도움이 된다. 유행을 따르는 건 위험한 구석이 있어서 피한다. 옛날 사진들을 보면, 어떤 모습은 미니스커트에 머리는 가발을 두어 개 쯤 얹어놓은 것처럼 잔뜩 부풀려져 마치 임신

칠 개월 쯤 되어 보인다. 유행을 따르는 건 별로 좋을 게 없다.

　　　나처럼 자부심이 꽉 찬 여자에게 늙어가는 건 힘든 일이다. 마음만은 여전히 매력이 넘쳐흐르는 여성인데, 아무도 그걸 알아주지 않으니 말이다. 솔직히 고백하자면, 나는 내가 이렇게 투명인간처럼 취급받는 게 기분 나쁘다. 여전히 나는 관심의 대상이고 싶다. 어느 정도 제한은 있겠지만 여전히 성감이 살아 있는 여인이고 싶고, 그러기 위해서는 여전히 사랑받고 있다는 느낌을 갖는 게 필요한데, 사실 내 나이에는 그게 결코 쉬운 일이 아니다. 통상적으로 성감을 느끼는 데에는 호르몬과 상상력이 필요하다. 그래서 첫 번째 문제를 해결하기 위해 나는 호르몬제를 복용하고 있고, 두 번째 문제의 경우에는 아직 전혀 부족함을 모르겠다.

　　　그렇다면, 나는 왜 그토록 외모에 신경을 쓰는 걸까? 도대체 페미니즘은 어디에 던져놓은 걸까? 그건 쾌감을 주기 때문이다. 나는 하루의 대부분을 서재에 틀어박혀 글을 쓰며 보내지만, 다양한 색감의 옷 입기, 화장하기, 매일 아침 나를 치장하는 판에 박힌 일상을 좋아한다. "아무도 날 보지 않지만 나 자신이 나를 보잖니." 엄마가 늘 말했다. 이건 철학적인 얘기로, 외적 모습만을 보는 게 아니라 내 성격과 행동에 투영된 내면 역시 본다는 뜻이다. 이건 늙어감에 대항하는 나만의 방식이다. 나를 진심 어린 시선으로 바라봐주는 연인이 있다는 건 정말 큰 도움이 된다. 로저에게 나는 수퍼 모델이다. 키가 좀 작아서 그렇지.

#23.

나이가 들어가면서 성감에 대한 내 생각도 달라져간다. 1988년에 나는 일종의 감각에 대한 기억인 최음제에 대한 책을 쓴 적이 있다. 당연히 책 제목은 사랑의 여신《아프로디테》였다. 최음제란 성욕과 성 능력을 증대시키는 물질들을 말한다. 비아그라 같은 약이 대중화되기 이전에만 해도 일부 식품이 그런 효과를 일으킨다고 믿어왔다. 그 가장 대표적인 예 중 하나가 바로 가지다. 터키에서는 결혼 전에 신부가 미래 남편의 정력을 펄펄 끓어오르게 할 가지 요리법 십여 가지 정도는 배워간다. 요즘 남편들은 가지 요리보다 햄버거를 더 좋아하지만.

　　　최음제는 한 남자가 여러 여자를 만족시켜야 했던 중국, 페르시아, 인디아 같은 나라에서 발달했다. 중국의 경우에는 나라의 부강이 황제가 나은 아들의 수에 비례했기 때문에 황제는 후궁을 수백 명 씩 거느리기도 했다.

　　　《아프로디테》를 집필하기 위해 나는 일 년여 동안 에로티즘 상점을 찾아다니며 관련 문헌을 읽고 영감을 떠올렸고, 주방에서 최음 조리법을 적용한 요리를 실제로 만들어보기도 했다. 최음 음식은 일종의 흑마법 같은 것이다. 그러니 실제로 최음 음식을 먹여볼 생각이 있고 가시적인 결과를 원한다면, 흑마법의 희생양에게 그 사실을 사전에 고지할 것을 권고한다. 최음 음식이 흑마법이라는 사실은 실험용 모르모트 대용으로 우리 집을 방문해 내가 만든 요리를 먹어준 친구들을 통해 확인했다. 사전에 내가 준비한 음식이 최음성 음식이라는 걸 알고 먹은 친구들만 효험을 보았던 것이다. 사실 식사 후에 곧 돌아갔지만, 그랬을 것으로 추정한다. 미리 알지 못했던 손님들은 음식에 최음 효과가 있다는 사실조차 인지하지 못했다. 암시는 기적을 만들어낸다.

#24.

한때는 안토니오 반데라스와 하룻밤을 함께 보내는 상상에 빠져들기도 했지만, 이제 그 가능성은 희박해져버렸다. 대신 지금은 공 들여 샤워를 하고 로저와 함께 깔끔하게 다림질한 침대 시트와 이불 사이를 쏙 파고들어 옆에 강아지들을 데리고 누워 텔레비전을 보는 기쁨이 훨씬 크다. 곳곳에 만져지는 셀룰라이트 덩어리들을 몰래 감추려고 굳이 실크 잠옷을 두를 필요도 없다.

내가 《아프로디테》를 쓴 게 쉰여섯 살 때였다. 아마도 이젠 더 이상 그런 책을 쓸 수 없을 것이다. 주제도 너무 몽환적이지만, 이젠 요리하는 것도 귀찮아졌고, 누구에게 최음 요리를 먹여보고 싶은 생각도 전혀 들지 않기 때문이다. 예전에는 주변 사람들에게 엄마가 살아계신 상황에서는 에로틱한 작품을 쓰기 어려울 것 같다는 말을 종종 했었다. 나중에 엄마가 돌아가시고 나니 독자들로부터 한 번 써보라는 요청이 오곤 했다. 그런데 미안한 말이지만 너무 늦었다는 생각이다. 엄마가 장수하신 덕분에 나도 어느덧 에로티즘에 대한 관심은 사라져버렸고, 그보다는 따뜻하고 즐거운 감정에 더 마음이 가고 있으니 말이다. 아무래도 에스트로겐 복용량을 늘이고, 그 복부에 바른다는 테스토스테론 크림을 사다 바르든가 해야 할 것 같다.

삼사오십 대라는 나이에 성욕이라는 본능으로 인해 저질렀던 어리석음을 반복할 생각은 없지만, 그렇다고 해서 그 기억마저 잊어버리고 싶지도 않다. 그건 그 나이에만 획득할 수 있는 일종의 공로 메달 같은 것이기 때문이다.

그렇지만 때로 뜨거운 열정이 분별력을 흐리게 한다는 사실은 인정한다. 정의, 힘없는 자들과 동물 보호, 페미니즘 같은 주제들이 늘 나를 사로잡아왔지만, 그 외에도 언제나 나의 이성을 흐리게 만들었던 건 격정적인 사랑이었으니까. 1976년에 있었던 일이 바로 그 경우였다. 당시 나는 베네수엘라에서 소위《더러운 전쟁》을 피해 조국을 빠져나온 한 아르헨티나 출신 음악가와 사랑에 빠져버렸다. 덕분에 착하기만 했던 남편도, 두 아이도 버려두고 그 남자와 스페인행을 택했다. 결국에는 실연의 상처만 안은 채 산산조각나버린 가슴을 부여잡고 잔뜩 기가 죽어 가족에게 돌아왔지만 말이다. 그 일로 인해 두 아이의 용서를 받기까지는 장장 십 년이라는 세월이 걸렸다.

내가 미친 듯이 빠져들었던 남자가 그 '피리부는 사나이' 하나는 아니었다. 1987년에는 북 투어를 하던 중에 미국 캘리포니아에서 변호사로 일하던 윌리를 만났다. 나는 한 치의 망설임도 없이 어느덧 성인이 되어 더 이상 엄마의 손길을 필요로 하지 않게 된 두 아이에게 작별을 고한 뒤 카라카스의 집을 떠나 윌리의 집으로 들어갔다. 초청장도 없었고, 내 손엔 짐가방 하나도 없었다. 물론 얼마 후, 나는 정신을 차리고 윌리에게 결혼을 졸라 댔다. 내 자녀들을 미국으로 데려오려면 비자가 필요했기 때문이었다.

지금 이 나이에도 젊은 시절과 마찬가지로 열정은 살아 있다. 다만, 그 때와는 달리 무모한 행동을 하기 전에 이틀이고 사흘이고 생각을 한다는 차이가 있을 뿐이다. 그렇게 2016년, 내 나이 일흔이 넘은 어느 날, 나는 내 심장을 뛰게 만든 한 남자가 내 앞에 나타나 나를 유혹할 때 그냥 내버려두었다. 그 남자가 바로 장차 내 세 번 째 남편이 될 남자였는데, 예고편은 이쯤 해두도록 하겠다. 나중에 로저에 대해 이야기할 기회가 있으니 독자 여러분은 좀 기다려주시기 바란다.

이미 상당히 잦아든 에로틱한 열정은 다들 나이가 들면 싹 없어진다고들 말하는 걸 보니 아마도 언젠가는 내게서도 완전히 소멸하고 말 것이다. 굳이 아직은 조금이라도 남아있지 않을까 기웃거릴 필요도 없다. 여전히 남편과 함께 살아가고 있는 내 몇몇 친구들도 말하듯이, 어차피 에로틱한 열정이 사라진 자리에는 유머와 정, 동료애가 채워질 것이기 때문이다. 가끔 함께 살던 둘 중 하나의 열정이 먼저 식어버리거나 성욕을 상실하면 어찌 될지 궁금하기도 하다. 아직은 나도 잘 모르겠지만, 그 순간이 찾아오면 답이 나오겠지.

여성의 해방과 여성성은 양립 불가한 것이라기보다는 상호 보완적인 것이라고 생각한다. 자유로운 영혼은 어떻게 바라보느냐에 따라 섹시하게 보일 수도 있다. 솔직히 겸허히 인정하자면, 나 자신도 페미니스트였지만 평생을 살아오는 동안 끊임없는 구애를 받아오지 않았던가. 나는 이미 삼십 년 전에 폐경을 맞았지만, 몇 가지 전략만 제대로 통한다면 여전히 개인적으로는 섹시할 수 있다고 본다. 일단 촛불 하나만 희미하게 밝힌 상태여야 한다. 그러면, 와인 석 잔 정도를 비워 약간 취기가 찾아온, 안경 벗은 남자, 리드하는 여자에게 뒷걸음질 치지 않고 자신을 맡기는 남자 정도라면 얼마든지 넘어가게 할 수 있다는 말이다.

#25.

다행히도 성별은 더 이상 정해진 규칙이나 분류의 대상이 아니다. 우리 손자들은 나에게 자신들을 더 이상 남녀로 구분하지 말라고 강조하기 때문에 나는 그 아이들이 친구들을 데려와 인사시킬 때마다 한 명 한 명에게 'he'로 불러줄까, 'she'로 불러줄까를 물어야 한다. 물론 들어도 다 기억하는 게 쉽지는 않다. 내가 지금 미국에 살아서 외국어인 영어를 사용하고 있는데, 때때로 복수 대명사를 주어로 쓰면서 동사는 단수 형태로 변화시켜야 하기 때문이다. 물론 내 모국어인 스페인어는 심지어 명사와 형용사까지 남녀 성 구분을 해야 하기 때문에 훨씬 더 복잡하다.

대명사 논쟁은 구 유고슬라비아에서 촉발되었다. 유고슬라비아는 1991년부터 2006년까지 처절한 전쟁을 겪은 끝에 결국 슬로베니아, 크로아티아, 보스니아-헤르체고비나, 몬테네그로, 북마케도니아, 세르비아의 여섯 개 공화국으로 분리되었다. 극단적인 남성우월주의가 팽배한 전쟁 통에서 애국심은 가부장주의, 민족의식, 여성혐오와 불가분의 개념이자 이 셋의 혼합물이었다. 또한 힘과 권력, 폭력, 정복은 남성성으로 규정되었다. 여성과 여아들은 자신이 속한 집단으로부터 보호받음과 동시에 국가를 위해 아이를 낳아야 했다. 반대로 적 집단의 여성들을 임신시킴으로써 적에게 모멸감을 안겨주겠다는 체계적인 전략 하에, 적에 속한 여성은 강간과 고문의 대상이었다. 최대한 보수적으로 추산해도 보스니아의 무슬림 여성 이만 명이 세르비아 군인들에 의해 강간당한 것으로 알려지고 있으며, 실제 수치는 이보다 훨씬 많을 것으로 보인다. 전쟁이 끝난 후, 젊은이들은 국수주의가 강요하는 젠더의 이분화를 수용치 않으며 더 이상 남성, 여성으로 구분되기를 거부했다. 그리고 남자와 여자를 일컫는 대명사 대신 논바이너리 대명사를 쓰기 시작했다. 수년 후 미국과 유럽의 다른 나라에도 이러한 논바이너리 대명사 사용의 물결이 도달했다. 스페인어에서는 단수와 복수의 형태로 각각 'elle'와 'elles'를 채택했고, '남성 친구amigo'나 '여성 친구amiga' 대신에 'amigue'를 쓰는 방식으로 명사와 형용사에도 중성적 어미가 채용되었다. 또한 경우에 따라서는 남성 어미 대신 여성 어미를 쓰기도 했는데, 'Unidos Podemos' 정당 명칭을 'Unidas Podemos'로 대체 사용한 것이 그 예다. 꽤나 복잡해 보이지만, 자꾸 하다보면 익숙해질 것이라고 생각한다.

　　　일반적으로 언어는 사람들의 사고방식을 결정하기 때문에 매우 중요하다. 말은 강력한 힘을 가지고 있다. 가부장제에는 남녀의 구분이 유용하며, 젠더를 구분해야 통제가 훨씬 쉬어진다. 우리는 젠더와 인종, 나이 등등의 구분을 무의식적으로 받아들여왔지만 젊은 세대 다수는 이러한 구분에 반기를 든다.

　　　겉으로 보자면 남성과 여성의 성 역할을 구분하는 유행은 이미 지나버렸고, 사람들은 각자의 취향에 따라 다양한 대안 중 하나를 선택할 수 있게 되었지만, 여전히 나는 숙명적인 이성애자인 탓에 선택의 폭이 매우 좁다. 차라리 양성애자이거나 레즈비언인 게 나았을지도 모르겠다. 내 나이에는 남자들보다는 여자들이 훨씬 흥미롭기도 하고, 남자들보다 여자들이 훨씬 잘 늙어가기 때문이다. 내 말이 너무 과장되게 들리는가? 그럼 고개를 돌려 당신의 주변을 돌아보라. 확인할 수 있을 것이다.

---

*　　Unidos Podemos는 '힘을 합치면 할 수 있다'는 뜻으로, '힘을 합치면'에 해당되는 형용사 'unidos'가 스페인어의 대표성인 남성형으로 되어 있다. 이에 비해 'Unidas Podemos'의 경우, 형용사 형태를 여성형으로 바꾼 것이며, 우리말 의미는 똑같이 '힘을 합치면 할 수 있다'가 된다. 다만, 힘을 합친 주체가 여성이라는 점이 다르다.

26

우민화, 특히 종교와 전통을 통한 민중의 우민화는 여성으로 하여
금 성적 욕구를 발산하고 쾌락을 맛볼 수 있는 권리 자체를 거부
하게 만드는 힘을 갖는다. 그런 예는 얼마든지 있다. 여성의 처녀
막이나 순결에 집착한다든지 할례와 부르카 착용을 고집하는 것
들이 그것이다. 남자들은 성적 매력이 넘치는 여성을 두려워한다.
혹시나 내 여자가 다른 남자와 관계를 맺고 자신과 비교하거나 등
을 돌리지 않도록 단속해야 하기 때문이다. 여자들이 쾌락을 추구
한다든지, 여러 남자와 관계를 맺게 되었다가는 결국 자녀조차도

정말 자기 자식인지 확신할 수 없게 될 것이다.

서구 세계에서는 이러한 우민화가 힘을 잃은 듯이 보이긴 하지만 여전히 기저에 숨죽이고 잔존한다. 나는 성욕과 자유분방한 성행위가 전적으로 남성만의 전유물인 시대에 성장했다. 여자는 항상 정숙해야 하고, 먼저 나서서 남자가 잠자리하고 싶도록 도발해서도 안 되었다. 남자를 부추기는 건 금지며, '헤픈 여자'라는 소리를 듣지 않기 위해서는 고단함을 가장해야 했다. 그렇게 해서 남자가 그 공을 인정해주면, 그때서야 여자는 '파리 떼를 쫓아낸' '정결한 여자'로 분류되는 것이다. 여성의 성 충동은 거부되었으며, 이성애 관계와 남편과의 관계를 제외한 다른 모든 성관계는 일탈이나 죄악으로 치부되었다.

이유 없이
여성을 비난하는 어리석은 남성들이여!
당신들이 비난하는 그 일의 원인이
바로 당신들임을 모르는가!

오매불망 여성에게는
냉담을 요구하면서도,
부정을 부추기는 당신들이
어떻게 여인의 정숙을 바라는가?

중략

그릇된 정념에 빠졌다면
누구의 잘못이 더 클까?
간청에 무릎 꿇은 여인인가,
아니면 무릎 꿇기를 간청한 남자인가?

양쪽 모두 잘못을 저질렀다지만,
누가 더 비난받아야 마땅할까?
대가를 받고 죄지은 여인인가,
죄를 짓기 위해 대가를 지불한 남자인가?

— 후아나 이네스 데 라 크루즈, 《어리석은 남성들》

#27.

나는 평생을 살아오면서 나 스스로가 어쩔 수 없는 로맨티시스트
임을 고스란히 드러내왔다. 그러나 문학에서는 연애소설을 쓰는
게 무척 힘들다. 벌써 수년째 끼적이고 있음에도 불구하고 도대체
연애소설의 대가가 될 자질은 전혀 개선되지 않고 있고, 아마 앞
으로도 그리 될 가능성은 없어 보인다. 이성애자인 나의 독자들
이 좋아할 만한 그런 남성상을 떠올려보려 애써보지만, 도대체 어
떤 덕목을 부여해야 할지 떠오르질 않는다. 더 늘어놓을 것도 없
이 잘생긴 외모에 강인함과 부 또는 권력을 지니고 있어야 할 터

이고, 총명하고, 사랑 같은 건 관심 없어 보이지만 여주인공과는 언제고 사랑에 빠질 준비가 되어 있는 그런 남자가 이상형일 것이다. 그런데 현실에서는 모델이 되어줄 만한 그런 남자를 본 적이 없다.

　　물론 내 소설 《에바 루나》 속에 등장하는 우베르토 나랑호 같은 남자가 있기는 하다. 말하자면 용맹스러운 이상주의자, 가무잡잡한 피부에 길게 늘어뜨린 검은 머리칼, 반짝이는 눈동자를 가진 남자. 그러나 이런 남자는 언제나 위험스럽고 속내를 알 수가 없다. 이런 매력적인 남자는 내가 창조한 여주인공에게 너무 치명적인 상대이므로, 소설 중반부 적당한 어느 시점에 작가인 내가 나서서 남자를 죽이지 않으면 결국 내 여주인공의 심장을 갈기갈기 찢는 실연의 아픔을 줄 게 뻔하다. 반면 영웅이지만 좋은 남자인 경우도 종종 있다. 그렇지만 너무 사랑에 깊이 빠졌다가는 《리퍼의 유희》 속 라이언 밀러가 그랬듯이, 해피엔딩 연애소설로 전락해버리는 걸 방지하기 위해 죽어야 할 수도 있다. 그 소설에서 나는 그를 죽이든가 그가 키우는 개 아틸라를 죽이든가, 둘 중 하나를 선택해야만 했다. 여러분이 나였다면 어떤 선택을 했겠는가?

　　내 작품 속에 등장하는 남자들은 열혈 전사거나 구순열 기형을 갖고 있는 상인, 채식주의자 교수, 존재감조차 없는 팔십대 노인, 팔다리 어디 하나를 잃은 상이군인 등이다. 그리고 내 살인 본능에서 살아남은 몇 안 되는 생존자로는 로드리고 데 키로가 대위와 조로 정도만을 들 수 있다. 로드리고 데 키로가 대위는 역사 속 실존 인물로, 용감무쌍한 칠레 정복자이자 이네스 수아레스의 남편이었다. 그가 내 가위질을 비켜나 살아남을 수 있었던 건 내가 만들어낸 허구의 인물이 아니었기 때문이다. 실제로 그는 이미 노인이 된 뒤에 전투에 나섰다가 전사한 바 있다. 조로 역시 내 허구의 창조물이 아니다. 캘리포니아에 살았던 가면을 쓴 남자 조로는 이미 이 땅에 존재한지 백년 이상의 세월이 흘렀음에도 불구하고 그는 오늘도 어느 집 발코니를 넘어 들어가 순진한 아가씨나 남편한테 싫증을 느낀 여염집 부인들을 꼬여내고 있다. 조로의 저작권을 가지고 있는 회사에는 최고급 변호사들이 진을 치고 있기 때문에 내가 마음대로 죽일 수도 없는 것이다.

28

내 손자들은 나에게 요즘 젊은 세대에게는 사랑의 형태도 매우 다양하다는 사실을 깨우쳐주려 꽤나 애썼다. 예를 들어 아이들은 다양한 상대와 연애할 수도 있다고 했다. 나는 예전에도 그랬었다고 대답했다. 내 젊은 시절, 그러니까 육십 년대나 칠십 년대에는 그런 걸 자유연애라고 불렀다. 그런데 손자들은 그것과는 다른 개념이라고 설명했다. 요즘엔 많은 사람들이 스스로를 남성 또는 여성이라고 이분법적으로 정의하지 않기 때문에 내 시대에 비해 훨씬 흥미로운 다양한 커플과 그룹의 조합이 나올 수 있다는 것이다. 나는 아이들이 '할머니 시대'라고 부를 때마다 화가 치밀곤 한다. 지금도 내 시대거든! 하지만 안타깝게도 이분법적 구분에서 벗어난 다자간 연애라는 현대판 연애를 실전으로 체험해보기에는 내 나이가 너무 많다는 것도 부인할 수는 없다.

현대판 연애 얘기가 나왔으니, 온라인 연애 얘기를 하지 않을 수 없을 것 같다. 요즘 많이 쓰는 게 온라인이니 말이다. 2015년에 나는 스물여덟 해를 함께해온 내 두 번째 남편 윌리와 이혼했고, 그날 이후로는 자그마한 집에서 혼자 살아가기로 했다. 괴팍하고 병까지 든 늙은 남자와 다시 결혼해 새롭게 시작한다는 건 그야말로 악몽 그 자체일 것 같았고, 새삼스럽게 애인을 만들어 집에 들일 가능성은 내 등에 날개가 솟아날 가능성만큼이나 희박해 보였기 때문이다. 그러자 나보다 나이 어린 친구들은 인터넷에서 애인을 찾아보라고 했다.

아마존에서 온라인 구매조차 제대로 하지 못하는 나더러 인터넷 애인 찾기를 해보라고? 내가 광고를 올리면 아마 아무도 답하지 않을 게 뻔했다.

"일흔셋 할머니. 라틴아메리카 출신 합법적 이민자. 페미니스트. 키 작고 가사에 소질 없음. 함께 외식하거나 영화관람 갈 깔끔하고 예의 바른 남자친구 구함."

성관계는 '나도 모르게 절로' 이루어지는 것이 바람직하다는, 좀 막연한 얘기들을 하곤 한다. 그러나 나라는 사람은 추상적인 '나도 모르게 절로'가 안 되는 사람이다. 사전에 약간의 어둑어둑한 분위기에서 친밀감과 호감을 느낄 수 있어야 하고, 마리화나도 필요하다. 여자들은 사랑에 빠지기 전에는 나이가 들면서 성욕이 감소하거나 아예 사라져버린다. 그런데 남자들은 그렇지 않은 모양이다. 어디서 읽었는지는 모르겠지만, 여하튼 남자들은 평균 삼 분마다 섹스를 생각하고, 대부분은 마지막으로 발기가 되었던 게 언제였는지 기억조차 못하는 상황에서도 죽는 그 순간까지 에로틱한 환상을 떨치지 못한다고 한다. 그러는 와중에도 남자들이 인생에서 뭔가를 성취해내는 걸 보면 정말 놀랍지 않을 수 없다.

우리는 시도 때도 없이 툴툴거리는 배 불뚝 나온 육십대 남자들도 자기보다 스무 살, 서른 살 어린 여성과 얼마든지 어떻게 해볼 수 있다고 인정하는 반면, 나이 좀 든 여자가 자기보다 젊은 남자랑 어울리면 추잡하다고 치부하는 모습을 날마다 지켜본다. 인터넷 광고 하나를 예로 들어보겠다. "은퇴한 전직 회계사. 일흔 살. 와인과 식당에 조예 깊음. 희망 연령대는 스물다섯에서 서른 살 사이 여성. 가슴 크고 성욕 충만한 엔조이 상대 구함." 과연 이런 광고에 답할 여성이 있을까 싶다. 여하튼 대부분의 남자들이 자기보다 훨씬 어린 여성을 찾는 걸 보니, 어쩌다 내가 올린 광고에 천진하게 눈길이라도 주는 남자가 있다면 아마도 백 살은 먹은 사람이겠지.

저널리스트로서의 호기심이 발동한 나는 조사를 해보고 싶었다. 인터넷에 애인 구하는 광고를 실은 다양한 연령대의 여성들과 인터뷰를 시작했다. 결혼 중개 회사 두 군데도 조사해본 결과, 둘 다 사기행각을 벌이고 있는 게 확인되었다. 그 회사들은 천문학적인 가입비를 받아낸 뒤, 어울릴만한 남자 여덟 명을 소개해주기로 했다. 그들이 제시한 남성의 프로필은 대부분 예순 다섯에서 일흔 다섯 사이의 남성들로, 교양 있고, 건강하며, 전문직에 종사하는 사람들이었다. 나는 그런 프로필에 걸맞은 남자 서너 명을 실제로 만나보았고, 곧 그 남자들이 결혼 중개 회사에 고용되어 일하는 사람들이라는 걸 알아낼 수 있었다. 한 마디로, 그 남자들은 가입비를 내고 여덟 명의 남자를 소개받기로 한 모든 여성들과 데이트를 업으로 하는 사람들이었다.

이런 중개 회사에 비해 인터넷은 훨씬 솔직하고, 온라인상에서 맺어지는 커플의 수도 훨씬 고무적이다. 그러나 그런 반면 악용 사례가 발생할 가능성도 많다. 주디스는 서른한 살의 매력적인 여성인데, 데이트하기로 한 바에서 사십 분이나 남자를 기다렸다. 결국 포기하고 자리를 떠 주차장에 세워둔 차 문을 막 열려는데 문자 메시지가 하나 왔다. "나도 바에 와 있었는데, 댁이 어찌나 못생기고 뚱뚱하고 늙어 빠졌는지 차마 나설 수가 없었음." 정말 나쁜 인간 아닌가? 주디스는 알지도 못하는 여성에게 상처를 주면서 낄낄거리는 미친놈 때문에 그날 이후 여러 달 동안 우울감에 시달려야 했다.

29

브랜다의 사례도 흥미롭다. 브랜다는 마흔여섯 살이고 성공한 여성이다. 어느 기업의 임원이었는데, 어느 날 인터넷을 통해 낭만적이고 열정이 넘치는 영국 건축가를 만나 사랑에 빠졌다. 두 사람은 시차가 아홉 시간이나 나고 비행기로 날아가려 해도 열 시간이 걸리는 서로 다른 대륙에 있었지만 마치 어려서부터 함께 자란 연인처럼 생각이나 성향에서 일치하는 부분이 많았다. 영국인 건축가는 음악적 취향에서부터 페르시아 고양이를 좋아하는 취향까지, 모든 것을 브랜다와 공유했다. 두어 번인가는 브랜다를 직접 만나기 위해 캘리포니아로 날아올까도 했지만, 매번 일 때문에 포기할 수밖에 없었다. 대신 브랜다가 런던으로 가겠다고 제안했지만, 남자는 꼭 브랜다가 사는 환경, 그녀의 집으로 자신이 찾아와서 그녀의 친구들을 만나고 사진으로만 본 그녀가 키우는 고양이들을 만나보고 싶다고 고집했다. 결국 두 사람은 영국인 건축가가 현재 터키에서 진행하고 있는 중요한 프로젝트가 끝나고 귀국하는 대로 꼭 만나기로 했다.

그런데 어느 날, 왠 변호사라는 사람이 브랜다에게 전화를 걸어왔다. 영국인 건축가가 이스탄불에서 렌터카를 몰던 중 사람을 치어 구치소에 수감되어 어찌할 줄 모르고 있다는 것이다. 구치소 환경도 너무 열악하다며, 일단 급히 돈을 융통해서 보석금을 내야 하는 상황이니 알려주는 계좌로 돈을 송금해달라고 했다.

브랜다는 사랑에 푹 빠지긴 했지만, 바보는 아니었다. 보석금 액수가 그녀처럼 재정 상태가 꽤 괜찮은 사람에게도 너무 큰 금액이었던 것이다. 그녀는 바로 송금하지 않고 우선 탐정사무소를 찾았다. "브랜다 양, 이 사건은 따로 의뢰비를 받지 않겠습니다. 조사할 필요도 없이 제가 잘 아는 사건이라서요." 사립탐정은 이렇게 말하더니 자초지종을 설명했다. 그 남자는 꽤나 유명한 사기꾼으로, 로스앤젤레스를 무대로 지속적으로 활동하고 있으며, 주로 돈 많은 독신 여성을 인터넷 상에서 노리는 전문 사기꾼이라는 것이다. 그 자는 이상적인 구혼자 역할을 하기 위해 표적이 된 여성들에 대해 최대한 많은 정보를 확보했다. 브랜다의 경우에는 본인의 SNS 상에 이미 많은 정보가 실려 있었다. 그것으로 파악할 수 없는 다른 정보들은 영국 귀족 악센트를 따라한 이 사기꾼이 스스로 여러 대화를 하며 빼냈다. 사기꾼은 예전에도 많은 다른 여성들에게 했던 것과 똑같이 브랜다도 유혹해낸 것이다.

결국 브랜다는 보석금을 송금하지 않았고, 그 사기꾼에 대해서는 더 이상 아무런 소식도 들을 수 없었다. 너무나도 큰 환멸감을 느낀 그녀는 실연으로 아파할 여유도 없이 그저 더 늦기 전에 빠져나올 수 있었던 것에 감사할 따름이었다. 브랜다에 따르면, 그녀가 얻은 교훈은 "영국인 건축가는 절대로 믿으면 안 된다"였다.

나는 브랜다처럼 영리하지도 못하다. 나 같으면 보석금을 치르겠다며 여기저기서 돈을 끌어모았을 것이다. 구치소에 갇힌 연인을 구출해내겠다며 그날 밤 비행기를 잡아타고 터키로 날아갔을 것이다. 다행히도 나는 그런 일을 당하지도 않았고, 마음먹었던 것과는 달리 혼자 살게 되지도 않았다. 굳이 찾아 헤매지도 않았는데 하늘이 알아서 내게 멋진 음유 시인을 보내주었기 때문이다.

#30.

지금까지 우리는 성적 열정과 낭만적 열정에 대해 이야기했다. 그렇다면 열정적이라는 건 무슨 뜻일까? '열정적'의 사전적 의미는 기운이 격렬해지거나 마음으로 뜨겁게 열중하는 것이다. 그런가 하면 강박적 행동이나 위험한 행동을 촉발시킬 수 있는, 거부할 수 없는 강력한 감정으로 설명되기도 한다. 나는 이보다는 좀 밝은 느낌으로 열정을 규정하고자 한다. 열정은 억누를 수 없는 열의, 넘치는 에너지, 어떤 사람 또는 사안에 대한 결연한 헌신이다. 열정의 긍정적인 측면은 우리를 앞으로 나아가게 하고, 희망을 갖게 하며, 젊음을 유지하게 해준다는 점이다. 어떤 이들은 등산을 하고 체스 게임을 하면서 노령으로 가는 준비를 하듯, 나도 여러 해에 걸쳐 열정적인 노인이 되기 위한 준비를 해왔다. 나이를 너무 의식하여 내 삶의 열정이 사그라들게 하고 싶지는 않기 때문이다.

앞서 《운명의 딸》의 여주인공 엘리사 서머스 이야기를 한 적이 있다. 물론 캘리포니아로 가기 위해 수주 동안 태평양을 가로질러 항해하게 될 화물선에 몰래 올라탄 것만 봐도 그녀는 담대하고 용감한 여성이다. 그러나 그녀가 그런 선택을 한 이유는 편력이 있는 모험가나 법망을 피해 다니는 지명 수배자나 도망자나 황금을 찾아 길을 떠난 탐욕에 눈이 어두운 인간들의 그것과는 다르다. 그녀의 이유는 사랑이다. 어쩌면 그녀의 사랑을 받을만한 가치가 없을지도 모를 한 청년에 대한 열정적인 사랑 때문에 말이다. 그녀는 고집스러운 열정 하나로 폭력과 죽음의 그림자가 도처에 도사리고 있는 척박하고 위험천만한 공간에서 가혹한 환경을 견뎌내며 방방곡곡으로 그를 찾아다녔다.

내 소설 속 거의 모든 여주인공들은 열정적이다. 나 자신이 위험을 무릅쓰고라도 사전적 의미로 강박적 또는 위험한 행동을 감행할 줄 아는 그런 여성들에게 관심이 쏠리기 때문이다. 평온하고 안전하기만 한 삶, 그런 삶은 소설의 좋은 소재가 될 수 없다.

사람들은 종종 나를 열정적인 사람으로 묘사하곤 했다.

주변의 기대와는 달리 집안에 가만히 들어앉아 있지 않기 때문이다.

  그러나 한 가지 명확히 할 건, 나의 저돌적인 행동들이 언제나 타고난 열정적 성격에 기인하지는 않는다는 점이다. 때로는 주변 여건이 나를 예기치 않았던 방향으로 밀어내고, 그 때문에 그렇게 하는 것 외에는 별 도리가 없었기 때문이다. 나는 파도가 내 몸을 한없이 높이 들어 올렸다가는 허공을 향해 내동댕이치는 험한 바다에서 살아왔다. 너울이 너무 심하게 요동쳤기 때문에 전에는 모든 일이 잘 되어갈 때조차도 그 순간의 평화를 누리지 못하고 곧 다가올 거센 추락의 순간을 대비하곤 했다. 상승이 오면 추락을 피할 수 없다고 생각했기 때문이다. 그러나 이제는 더 이상 그렇게 살지 않는다. 이제는 하루하루 파도의 움직임에 최대한 온몸을 내맡긴 채 부유하는 것만으로도 만족하며, 그저 물 흐르는 대로 떠다닐 뿐이다.

#31.

젊은 시절의 나는 무척이나 열정적이었지만, 그렇다고 해도 단 한 번이나마 문학적 야망을 가졌던 기억은 없다. 사실 야망이라는 건 남성만의 전유물이며 여자에게는 야망 운운하는 것 자체가 일종의 모욕이라고 믿어왔기 때문인지, 그런 생각조차 해보지 못했던 것 같다. 여성해방운동 덕에 일부 여성들이나마 야망이라는 관념을 품을 수 있게 되었고, 분노, 긍정, 경쟁, 권력욕, 에로티즘, 'NO'라고 말할 수 있는 용기 등의 관념도 쟁취할 수 있었다. 물론 드물게나마 우리 세대 여성들도 기회를 잡을 수는 있었지만, 승리하기 위해 계획까지 세우는 예는 거의 없었다.

야망이 없었던 것 치고 나는 정말 운이 좋았다. 나의 첫 소설을 비롯해 그 후로 낸 모든 작품들이 즉각적으로 독자들의 뜨거운 반응을 얻을 거라고 예상한 사람은 나를 비롯해 아무도 없었다. 어쩌면 당신의 손녀딸이 대길의 운을 타고 태어났다던 할머니의 말씀이 맞는지도 모르겠다. 내가 갓 태어났을 때 등에 별 모양의 점이 있었기 때문이다. 나도 처음에는 그게 남다른 무엇일 거라고 생각했다. 그런데 살다보니 그런 점을 가진 사람도 한둘이 아닌데다가, 나이 먹어가면서 별 모양의 점 색깔도 점점 옅어져 이젠 잘 보이지도 않게 되었다.

나는 직장생활을 할 때에도 정말 열심히 일했다. 무위도식하는 시간은 죽은 시간이라던 할아버지의 가르침이 내 안에 깊이 새겨져 있었기 때문이다. 그 가르침은 수십 년 간 내 인생의 모토였다. 그러나 살면서 나는 아무 일도 하지 않으며 보내는 시간이 창의력을 꽃피우는 비옥한 토양이 될 수 있음을 배웠다. 그래서 이제는 과거처럼 부지런을 떨도록 나를 들볶아대지 않는다. 글을 써도 이야기를 들려주는 즐거움을 위해 글을 쓴다. 단어 하나하나를 골라가며 조금씩, 쓰는 과정을 즐길 뿐 결과를 생각하지 않는다. 다른 사람을 대신해 중요한 문서를 써내려가는 사람처럼 맹렬하게 집중력을 발휘하며 글을 쓰기 위해 몇 날 며칠 동안 내 엉덩이를 의자에 붙들어 매어두지도 않는다. 나를 믿어주는 충실한 독자들이 있고, 내 작업에 영향을 미치지 않으려 애쓰는 훌륭한 편집자들이 있다는 남다른 특권 덕분에 나는 여유로울 수 있다.

나는 내가 써야겠다 싶은 이야기를 나만의 속도에 맞춰 쓴다. 우리 할아버지가 소위 '시간 낭비'라고 불렀던 그 무위의 시간이면 상상 속의 환영들이 세상에 둘도 없는 구체적인 인물로 화하여 자신의 목소리를 내고, 충분한 시간만 주면 내게 언제든 자신들의 이야기를 들려주려고 한다. 다른 사람들은 알아채지 못하는 것 같지만, 나는 내 주변에서 기이하리만치 확실하게 그런 환영들의 존재를 느낀다.

평생 중시했던 좌우명을 폐기하는 건 하루아침에 가능한 일이 아니다. 내게도 수년의 시간이 걸렸다. 심리 치료와 여전히 부족하기는 하지만 마음 수양을 통해 나는 나 자신의 초자아에게 썩 꺼져버리고 날 좀 내버려두라고, 자유를 누리고 싶다고 말할 수 있게 되었다.

초자아와 양심은 같은 것이 아니다. 초자아는 우리를 응징하지만 양심은 우리를 바르게 이끈다. 나는 할아버지의 목소리를 뒤집어쓰고 내 안에서 내게 일을 하라고, 할 일을 다 하라고 다그치는 십장에게 더 이상 관심을 기울이지 않게 되었다. 험난한 오르막길은 끝났고, 이제 나는 글쓰기에 최적의 환경이라 할 수 있는 직관의 영역에서 차분히 산책을 즐긴다.

#32.

내 첫 소설 《영혼의 집》이 출간된 건 1982년으로, 라틴아메리카 문학의 '붐Boom'이 끝나갈 무렵이었다. '붐'은 당대 라틴아메리카 유명 작가들의 명저들을 일컫는 이름이었는데, 사실 그 '붐'은 남성들만의 붐이었다. 라틴아메리카의 여성 작가들은 문학비평가들과 문학을 가르치는 교수들, 배우는 학생들에게 철저히 무시당했고, 출판사들에게도 외면당했다. 설사 어찌어찌 출간이 된다 하더라도 무명의 작은 출판사를 통해서였기 때문에 홍보도 부실했고 배포도 시원찮았다. 그런 상황에서 내 소설이 뜨거운 반향을

사랑하는 여자들에게

일으킨 건 그야말로 놀랄만한 일이었다. 사람들은 내 작품이 문단을 휩쓸었다고들 했다. 그런데, 세상에! 곧이어 소설 독자의 대다수가 여성 독자라는 사실이 확인되었다. 여성 작가들의 활발한 활동을 기대하고 있는 거대한 시장이 존재하고 있었던 것이다. 그리고 결국 그렇게 되었다. 삼십여 년의 세월 끝에 여성 작가의 소설 출간이 남성 작가의 것과 동수를 이룬 것이다.

그리고 이 기회를 빌려 내가 삶을 개척해나갈 수 있도록 지원해준, 영원히 기억하고픈 몇몇 여성 가운데 하나인 고(故) 카르멘 발셀스에게 깊은 경의를 표하고자 한다. 카르멘은 스페인 바르셀로나의 유명 문학저작권 에이전트로, 유명 붐 소설 작가들은 물론 스페인어로 작품 활동을 한 수백명 작가들의 대모였다. 그녀에게는 내 첫 소설의 가치를 알아보고, 먼저 스페인에서 출간한 뒤 다른 나라에서 출간하도록 하는 눈이 있었다. 글쓰기라는 이 불가사의한 영역에서 지금까지 내가 거둔 모든 성취는 다 그녀 덕분이었다.

카르멘에게 나는 카라카스의 아파트 주방에서 변변찮은 첫 소설을 이제 겨우 퇴고한, 생면부지의 사람이었다. 그런데 그녀는 내 소설 출간을 위해 나를 바르셀로나로 초청해주었다. 그리고 나에 대해 전혀 아는 바가 없음에도 불구하고 마치 유명 연예인 대하듯 해주었다. 자신의 자택에서 큰 파티를 열어 비평가, 저널리스트, 작가 등 바르셀로나 최고의 지성이라 불릴만한 많은 인사들에게 나를 소개했다. 아는 사람 하나도 없었던 나는 히피

스타일의 옷차림으로 그 분위기에 전혀 어울리지 못하고 있었다. 그러자 카르멘은 단 한 마디로 나를 안심시켰다.

"여기 당신보다 더 많이 아는 사람은 아무도 없어요. 다들 되는대로 말하고 있을 뿐이라고요."

그 말을 듣자 라몬 아저씨가 했던 조언이 생각났다.

"다른 사람들은 사실 너보다 더 떨고 있다는 걸 잊지 마."

지금까지도 수프 국자로 러시아산 캐비어를 푹푹 떠주는 장면을 본 건 그 때가 처음이자 마지막이었다. 만찬 테이블에서 카르멘은 잔을 높이 들고 새로 나온 내 책을 위해 건배를 제안했다. 그런데 바로 그 순간, 갑자기 정전이 되면서 사방이 캄캄해졌다. "여기 이 칠레 여성 작가가 창조한 영혼들이 우리와 함께 건배하기 위해 이 자리를 찾아온 모양입니다. 자, 여러분, 건배!" 그녀는 한 순간의 망설임도 없이 이렇게 외쳤다. 마치 여러 번 연습이라도 한 사람처럼.

#33.

카르멘은 내게 멘토이자 친구였다. 그녀는 늘 자신은 에이전트이고 나는 고객이므로 우리 둘은 친구가 아닌 비즈니스 관계일 뿐이라고 말했지만, 그건 전혀 사실이 아니었다. 게다가 그녀는 자신이 성적 매력이 넘치는 여자였으면 참 좋았겠다는 말도 했지만, 그 역시 사실이 아니었다. 그녀야말로 그 누구보다 성적 매력이 넘쳐흐르는 그런 여성이었기 때문이다. 카르멘은 내 딸 파울라가 아팠던 시간, 내가 결혼하고 이혼하는 그 모든 중요한 순간에 아무런 조건 없이 내 곁에서 함께 있어주었다.

그 어떤 망나니가 나타나더라도 거침없이 대적할 수 있을 것 같은 그녀였지만, 그녀 역시 점술가에게 인생 상담을 했고, 영매, 심령술, 마법을 믿었으며, 쉽게 감정이 북받쳐 울음을 터뜨리곤 했다. 어찌나 눈물이 많던지 가브리엘 가르시아 마르케스는 자신의 저작을 증정하면서 헌사로 "눈물에 젖은 카르멘 발셀스에게 드림"이라고 쓴 적도 있다.

또 그녀는 실성한 게 아니냐는 소리를 들을 정도로 선심을 쓰는 사람이었다. 우리 어머니의 팔순 생신날에는 칠레로 흰장미 여든 송이를 보내왔고, 라몬 아저씨에게도 흰장미 아흔아홉 송이를 보내왔다. 카르멘은 두 분 모두 팔월 같은 날이 생일이기 때문에 부모님의 생일을 늘 잊지 않고 기억했다. 한번은 나에게 루이뷔통 여행 가방 세트를 선물한 적이 있었다. 아마도 내 트렁크가 너무 평범하고 낡았다고 생각했던 것 같다. 그런데 그 가방을 처음 들고 여행하던 날, 카라카스 공항에서 가방 세트를 모조리 도난당하고 말았다. 나는 카르멘에게 차마 그 이야기를 할 수 없었다. 이야기를 하기가 무섭게 곧바로 다시 한 세트를 사줄 게 뻔했기 때문이다. 카르멘은 내게 초콜릿도 어찌나 자주 보내주었던지, 지금도 생각지도 못했던 집안 곳곳에서 그녀가 보내주었던 초콜릿을 발견하곤 한다.

이 위대한 카탈루냐 여인의 갑작스런 죽음으로 나는 꽤 오랜 시간동안 문학이라는 거친 바다에서 겨우 붙들고 목숨을 부지하던 구명대를 잃어버린 느낌에 시달려야 했다. 다행히 그녀의

사랑하는 여자들에게

빛나는 재능과 미래 비전이 만들어낸 문학 에이전시는 아들 루이스 미겔 팔로마레스가 이어받아 큰 문제없이 잘 운영하고 있다.

내 책상 위에는 지금도 카르멘의 사진이 놓여 있다. 그리고 그 사진을 볼 때마다 그녀의 조언을 떠올리게 된다. "누구나 첫 작품은 낼 수 있어요. 그러나 작가 검증은 두 번 째 작품, 그리고 그다음으로 이어지는 또 다른 작품들을 통해 가능해요. 이사벨 당신에게도 매우 가혹한 평가가 있을 거예요. 우리 여성들에게는 성공이 용납되지 않으니까요. 그러니 쓰고 싶은 것을 쓰세요. 그 누구도 당신의 작업이나 당신의 수입에 대해 왈가왈부하게 놓아두지 마세요. 자녀들은 왕자처럼 키우세요. 그래도 됩니다. 결혼도 하세요. 남편이라는 사람이 제아무리 모자란다고 해도 방패막이는 될 테니까요."

카르멘의 경고대로, 나와 유사한 상황의 남성 작가라면 당연히 받을 만하다고 생각했을 인정을 받는 데 수십 년이 걸렸다. 특히 칠레는 독자들의 사랑은 늘 받아왔음에도 불구하고 비평가들의 인정을 받기가 유독 힘든 나라였다. 그렇다고 그들 비평가들에게 조금이라도 원망하는 마음이 있는 건 아니다. 그건 축구선수가 아니고서는 상대가 누구일지라도 평균보다 조금이라도 올라서려는 걸 보면 곧장 깔아뭉개버리려는, 칠레라는 나라 본연의 특성이기 때문이다.

스페인어에 '발 걸어 넘어뜨리기chaqueteo'라는 명사와 '발 걸어 넘어뜨리다chaquetear'라는 동사가 있다. 설명하자면, 잘 나가는 사람의 재킷 자락을 아래로 잡아당기는 것이다. 특히 상대가 여성인 경우에는 잘난 척이 하늘을 찌르기 전에 싹을 자르려 그 잔혹성과 속도를 배가시킨다. 따라서 만일 아무도 내 발을 걸어 넘어뜨리려 들지 않는다면 그건 나라는 사람이 아무런 보잘 것도 없는 사람임을 뜻하는 것이다. 그거야말로 기겁할 일이다.

내가 스무 권의 작품을 발표하고 전 세계 사십여 개 언어로 이 작품들이 번역 출간되어 칠레 문학상 후보에 오르자, 이름은 기억하지 못하는 한 칠레 남성 작가가 "이사벨 아옌데는 작가가 아니라 서툰 습작이나 써내는 견습 작가일 뿐이다"라는 말을 한 적이 있다. 이 말에 카르멘 발셀스는 그에게 이사벨 아옌데의 사고가 저변에 깔린 그녀의 작품을 읽어본 적은 있느냐고 물었고, 그 사람은 죽어도 내 작품 따위를 읽는 일은 없을 것이라고 답했다. 2010년, 칠레 전직 대통령 4인과 다수의 정치인, 하원의 지지에 힘입어 나는 칠레 문학상을 받았다. 그 즈음에서야 마침내 칠레 비평가들의 인정도 받게 되었다. 카르멘 발셀스는 그날 내가 제일 좋아하는, 오렌지 마멀레이드가 들어간 초콜릿을 오 킬로그램이나 선물로 보내주었다.

#34.

흘러간 옛날 영화의 헤로인 매 웨스트는 사람이 제아무리 나이들었다 해도 얼마든지 더 젊어질 수 있는 법이라고 말했다. 사랑이 다시 샘솟을 수 있다는 데는 의심의 여지가 없다. 나 역시 새로운 사랑을 경험 중이고, 어쩌면 그래서 더 건강해진 느낌이고 삼십 년은 더 젊어진 것처럼 열띤 기분인지도 모르겠다. 물론 내 경우는 좀 특별해서, 엔돌핀과 행복 호르몬이 과다 분비된 경우이지만, 일반적으로도 사람들은 누구나 실제 나이보다 마음으로는 스스로를 훨씬 젊게 느낀다. 그래서 달력을 보고 또 한 해가 지났거나 또 십 년이 지났음을 깨닫고는 깜짝 놀라곤 한다. 세월은 참 빠르게도 흘러간다. 그래서 가끔은 내 나이를 잊고 살게 되고, 그 덕분에 버스에서 자리를 양보받으면 순간 당황하기도 한다.

난 아직도 강아지들과 바닥에서 뒹굴기도 하고, 몰래 아이스크림을 사 먹으러 나가기도 하고, 아침 식사로 뭘 먹었는지도 잘 기억하고, 깔깔거리면서 섹스도 할 수 있기 때문에 젊다고 느끼며 산다. 그렇지만 신중한 자세로 함부로 내 능력을 시험하려 드는 짓은 하지 않으며, 묵묵히 나의 한계를 인정하고 받아들인다. 이젠 어떤 일을 하더라도 이전에 비해 시간이 더 걸리기 때문에 시간을 잘 조절하고, 과거보다 일 자체를 줄인다. 꼭 필요치 않은 출장이나 여덟 명 이상이 모이는 자리, 다른 사람들에 묻혀 내 존재 따위는 드러나지도 않는 친목 모임 참석 등, 예전에는 의무감으로 했던 내키지 않는 일들도 거절한다. 그리고 시끄럽게 떠들어대는 아이들과 교양 없는 어른들은 알아서 피한다.

나이가 들면서 뭔가를 잃게 되는 건 당연한 이치다. 나이가 들면서 우리는 사람도 잃고, 동물도 잃고, 장소도 잃고, 과거에 지니고 있던 고갈되지 않을 것 같던 에너지도 잃는다. 일흔이 될 때까지만 해도 나는 서너 가지 일을 동시에 하는 멀티테스킹이 가능했고, 몇 날 며칠을 거의 날밤을 새워가며 일할 수도 있었고, 자리에 앉았다 하면 한자리에서 열 시간씩 글을 써낼 수도 있었다. 그때만 해도 지금보다 훨씬 유연하고 강했다. 이른 새벽에 잠에서 깨어나자마자 두 다리를 쭉 뻗으며 스트레칭한 뒤 사뿐히 바닥을 딛고 내려서 샤워를 하고 하루를 시작할 수도 있었다. 침대에서 뒹굴며 버티기? 일요일이면 게으름 피우기? 점심 무렵에 낮잠 자기? 이런 건 나와는 거리가 먼 얘기였다.

지금 나는 겨우겨우 침대를 빠져나와 남편과 반려견들이 깨지 않게 조용히 침실을 나선다. 딱 한 가지 해야 할 일이 있기 때문이다. 글쓰기. 그런데 작업에 시동을 걸기까지 꽤 오랜 시간이 걸리고, 집필을 시작해도 하루에 네다섯 시간 이상 이어갈 수가 없다. 그나마도 강인한 의지력을 발휘하고, 엄청난 양의 커피의 힘을 빌리고서야 말이다.

#35.

젊음을 유지하고자 하는 욕구는 태고 때부터 늘 있어왔다. 이미 기원전 5세기에 헤로도토스는 영원한 젊음의 샘에 대해 언급한 바 있다. 또한 16세기에 라틴아메리카를 정복한 탐욕스러운 스페인 사람들과 포르투갈 사람들 역시 아이들이 에메랄드와 루비로 된 구슬을 가지고 논다는 황금의 도시 엘도라도와 노쇠함을 씻어주는 기적의 물이 고여 있다는 젊음의 샘을 찾아다녔다. 물론 둘 다 찾지 못했지만 말이다.

　이제 엘도라도의 존재를 믿는 사람은 더 이상 없다. 그러나 영원한 젊음에 대한 환상만은 여전히 남았다. 능력이 되는 사람들은 이를 위해 약, 비타민, 다이어트, 운동, 수술에 돈을 쓰고, 심지어는 태반 앰플과 드라큘라나 좋아할 법한 인간 혈장 주사까지 동원한다. 아마도 이런 모든 것들이 어떤 식으로든 도움이 되기는 된 모양이다. 우리 세대가 우리 할아버지 세대에 비해 삼십 년은 더 살 것이라고 하는 걸 보면 말이다. 그렇지만 더 오래 사는 것이 더 잘 사는 것을 의미하지는 않는다. 실제로 인간의 수명이 길어지면 개인과 지구 전체에 엄청난 사회적 비용을 발생시키고 경제적 부담을 주게 된다.

#36.

하버드 의과대학 유전학 교수이자 다수의 저서를 낸 생물학자 데이비드 싱클레어는 노화를 질병으로 규정하고, 질병으로 다루어져야 한다고 주장한다. 그는 쥐를 대상으로 한 분자 실험에서 쥐의 노화가 중단되거나 더러는 노화 과정이 역전되는 결과를 확인했다고 했다. 또한 머잖은 미래에 아침 식사 시간에 약초를 먹거나 알약 하나를 삼키는 것으로 노화 증상과 노령으로 인한 질병을 방지하게 될 기술을 이미 확보했다고도 했다. 이론적으로 인간은 백이십 살까지 건강한 신체와 맑은 정신으로 살 수 있다.

싱클레어 교수가 쥐를 대상으로 했던 실험 결과가 우리 인간에게 적용되기 전까지는, 아마도 우리 엄마 말대로 젊음을 유지하는 비결은 자세에 있다는 게 맞을 것 같다. 사실 1950년대부터 70년대까지를 주름잡았던 이탈리아 은막의 스타 소피아 로렌도 같은 주장을 했었다. 이젠 모두 성인이 된 내 손자들에게 소피아 로렌 이야기를 했더니 아무도 그게 누군지 알지 못했다. 하긴, 간디가 누구인지도 모르는 애들이니 소피아 로렌을 모르는 게 이상할 것도 없다.

내가 소피아 로렌을 직접 만난 때는 2006년이었다. 우리는 이탈리아에서 개최된 동계올림픽에서 인사했다. 당시 그녀와 나는 다른 여성 여섯 명과 함께 오륜기를 들고 주경기장으로 입장했다.

여덟 명의 여성 중에서도 소피아 로렌은 단연 돋보였다. 나는 그녀에게서 눈을 뗄 수가 없었다. 한 시대를 풍미했던 섹스 심벌이었을 뿐 아니라, 일흔이 넘은 나이인데도 여전히 멋졌다.

그 나이에도 눈부신 매력과 젊음을 유지하는 비결은 과연 무엇이었을까? 한 텔레비전 인터뷰에서 그녀는 행복이 바로 비결이라면서도, 시청자들이 보고 있는 현재 자신의 모든 것은 다 스파게티 덕분이라고도 했다. 그런가 하면 또 다른 인터뷰에서는 좋은 자세 덕분에 그렇게 보이는 것이라는 말도 했다.

"저는 늘 올바른 자세로 걸어요. 숨을 씩씩 몰아쉬거나, 구시렁거리거나, 기침을 쿨럭거리며 하거나, 발을 끄는 등 할머니

소리를 내지 않는답니다."

결국 자세가 비결이었다. 그래서 나는 곧바로 소피아 로렌의 조언대로 내 자세를 고쳐보기로 했다. 스파게티 섭취에도 도전했지만 체중만 5킬로그램 늘고 말았다.

언젠가 늙으면 대자연의 품으로 돌아가야 한다는 걸 제외하면, 늙는다는 것이 그다지 나쁜 일은 아니다. 번식의 시기가 지나고 자식들을 다 키워내고 나면 인간의 용도는 폐기된다. 보르네오 섬의 이름 모를 어느 마을처럼 저 멀리 있는 어딘가에는 나이가 들수록 추앙되기에 젊어 보이고자 하는 사람은 없고 조금이라도 존경받기 위해 한 살이라도 더 먹어 보이려고 애쓰는 곳도 있다고 한다. 그렇지만 우리가 사는 이곳의 상황은 다르다. 십 년 전에 세상이 성차별과 인종차별을 문제 삼았던 것처럼 지금은 나이에 대한 편견을 거부한다지만, 사실상 이 문제에 신경 쓰는 사람은 아무도 없다. 그저 노화가 바로잡아야 할 성격적 결함도 아닐진대 '노화 방지'라 이름 붙인 산업이 괄목할만한 성장을 보이고 있을 뿐이다.

한때는 스무 살에 성인이 되고, 마흔에 장년이 되며, 쉰에 노년이 시작된다고 규정했다. 그러나 오늘날 청년기는 삼사십 대로 확대되었고, 장년기는 예순 무렵에, 노년기는 여든에 들어서서야 마침내 시작된다.

청년기를 이렇게 확대한 것은 제2차 세계대전 종전 이후 미국에서 태어나 지난 반세기 동안 다양한 문화적 측면들을 자신의 편의대로 규정해온, 소위 '베이비 부머' 세대를 달래기 위한 것이다.

우리가 제아무리 젊음이라는 환상에 집착한다 해도 결국 대부분의 사람들은 쇠락을 향해 성큼성큼 발걸음을 내디디며, 종국에는 노쇠에 대한 선입견이 없어지기도 전에 우리가 먼저 죽게 될 것이다.

난 그런 과학의 발전을 이용할 수 없겠지만, 내 손자들은 아마도 괜찮은 외모를 유지하며 백 살까지 살게 될 것 같다.

나는 즐거운 마음으로 늙어갈 생각이고, 그러기 위해 몇 가지 규칙을 정했다. 나는 이제 더 이상 쉽게 양보하지 않는다. 하이힐, 다이어트, 멍청한 사람들을 꾹꾹 참아내기와는 영원히 작별했다. 그리고 내키지 않는 일에 대해서는 아무런 죄책감 없이 '싫다'고 말하는 법도 배웠다. 나는 지금의 삶이 정말 좋다. 그렇다고 치열한 전투 후의 휴식 같은 삶을 원하는 건 아니다. 내가 원하는 건 몸과 마음에 뜨거운 열정을 지속적으로 간직하는 것이다.

#37.

소피아 로렌이 추천했던 꼿꼿한 자세와 스파게티 외에 내가 알게
된 충만한 삶과 행복한 노년을 유지하는 비법은 내 친구 올가 머
레이를 따라 하는 것이다. 안경도 보청기도 끼지 않고 지팡이도
짚지 않는, 여전히 강렬한 색상의 옷을 입고 테니스화를 신고 다
니는 아흔네 살 아가씨를 상상해보면 된다. 그녀는 지금도 운전을
한다. 다만 차선을 바꾸지 않고 동일한 차선을 유지하며 달리는
게 특징이다. 아담한 체구에 에너지와 열정이 넘치는 올가는 자신
의 운명을 스스로 개척하고, 하루하루를 충만하게 채움으로써 젊

음을 유지하고자 한다.

그녀는 멋진 삶을 살아왔지만 그 이야기를 여기서 다 풀어낼 수는 없다. 그러니 그녀에 대해 좀 더 알고 싶은 독자 여러분은 인터넷에서 그녀를 검색해보기 바란다. 잘 했다는 생각이 들 것이다. 올가는 육십 대에 남편과 사별하고 네팔 산악지대로 트래킹을 떠났다. 그런데 그만 넘어지는 바람에 발목이 부러졌고, 길 안내를 맡았던 셰르파가 그녀를 넣은 바구니를 등에 걸쳐 들고 가까운 마을까지 내려와야 했다. 그 마을은 몹시 가난한 외딴 마을이었다. 그곳에서 시내까지 타고 갈 교통편을 기다리는 동안 마침 축제가 있어 구경을 하게 되었다. 마을 사람들은 별로 갖고 있지도 않은 식량을 털어 음식을 마련했고, 가지고 있는 옷 중에서 제일 좋은 옷을 골라 입었으며, 노래도 부르고 춤도 추었다. 얼마 지나지 않아 도시에서 버스 몇 대가 도착했고, 차를 타고 온 거간꾼 몇이 여섯 살에서 여덟 살 사이의 여아들을 사 갔다. 부모들은 아이를 먹여 키울 능력이 안 되어 딸들을 내다 판 것이다.

거간꾼들은 염소 두 마리나 새끼 돼지 한 마리 값에 해당되는 값을 치르고는, 좋은 집에 들여보내 학교도 보내주고 잘 먹고 잘 살게 해주겠다고 약속한 뒤 여자아이들을 데려갔다. 실제로 그 아이들은 일종의 노예와 비슷한 '캄라리'로 팔려간 것이었다. 캄라리들은 하루 종일 노동에 시달리고, 바닥에서 쭈그리고 자야 하며, 주인집 식구들이 먹고 남은 음식 찌꺼기를 먹고 살아야 한다. 학교는 근처에도 갈 수 없고, 보건이나 자유 같은 건

꿈도 꿀 수 없으며, 늘 학대당하고, 교육받거나 건강을 챙길 수 없다. 그나마 그런 삶은 사는 캄라리들은 행운아들이다. 그렇지 않은 아이들은 사창가로 팔려가기 때문이다.

올가는 수중의 돈을 탈탈 털어 여자아이 둘 정도를 자신이 산다 해도 그 부모에게 다시 돌려줄 수는 없다는 걸 깨달았다. 집으로 되돌려 보내봐야 그 부모들은 다시 딸을 팔아버릴 게 뻔했기 때문이다. 그녀는 캄라리들을 돕기로 마음먹었고, 결국 그 일이 그녀의 평생의 사명이 되었다. 그런데 몇 년에 걸쳐 아이들을 구출한다 해도 그 이후 아이들이 자기 스스로를 책임질 수 있을 나이가 될 때까지 돌봐야 한다는 데에 생각이 미쳤다. 그래서 캘리포니아로 돌아온 그녀는 착취당한 아이들에게 집을 제공하고 교육과 보건 서비스를 제공할 자선 단체 네팔 청소년 재단 www.nepalyouthfoundation.org 을 설립했다. 올가는 가사 노동에 착취당하던 소녀 약 만오천 명을 구해냈고, 결국 네팔의 문화 자체를 바꾸는 데 성공했다. 그녀 덕분에 네팔 정부는 캄라리 관행을 불법으로 규정하기에 이르렀다.

올가는 그 외에도 다른 훌륭한 프로그램들을 추진했다. 고아나 버려진 아이들을 돌보는 위탁 가정 프로그램, 곳곳의 병원 내에 배움터와 영양 공급 진료소를 설치해 아이 엄마들이 가용한 자원을 활용해 영양의 균형이 잡힌 먹을만한 음식을 만들어 아이들에게 제공할 수 있도록 교육하는 프로그램 등이 그것이다. 나는 그 아이들의 입소 전후 사진을 비교해볼 수 있었다. 사진 속 한 비쩍 마른 아이는 거의 뼈와 가죽만 남아 있어 걸음조차 제대로 걷지 못했는데, 입소 한 달 후에는 공놀이를 하고 있었다.

올가 재단은 카트만두 외곽에 고위험 아동을 위해 학교와 작업장, 주택을 갖춘 시범 마을을 만들었다. 마을 이름은 올가의 오아시스란 뜻의 '올가푸리'다. 독자 여러분에게 그 마을을 보여줄 수 있다면 얼마나 좋을까! 그곳은 지구상에서 가장 행복한 마을이다. 이 경이로운 여성 올가는 수천 명 네팔 아이들의 존경을 한 몸에 받았다. 수천 명도 전혀 과언이 아닌 게, 그녀가 카트만두 공항에 당도할 때면 '엄마'를 환영하기 위해 손에 풍선과 화환을 든 어린이들과 청년들이 북새통을 이룬다.

올가는 고령에도 불구하고 무척이나 건강하고 에너지 넘친다. 덕분에 일 년에 두 번 씩은 네팔과 캘리포니아를 오간다. 비행에만 열여섯 시간이 걸리는데 갈아타느라 공항에서 대기하는 시간까지 합치면 몇 시간이 더 든다. 그럼에도 불구하고 기꺼이 모금을 하고, 프로젝트 점검을 하면서 쉼 없이 일한다. 아이들 이야기를 할 때면 그녀의 파란 눈동자가 열정으로 빛난다. 그녀는 언제나 미소 지으며, 언제나 행복해한다. 그녀가 불평을 늘어놓거나 남 탓을 하는 건 한 번도 들어본 적 없다. 그녀에게는 선의와 감사가 넘쳐흐른다. 올가 머레이는 나의 영웅이다. 만일 언젠가 내가 훌륭한 사람이 될 수 있다면, 올가 같은 사람이 되고 싶다.

#38.

소피아 로렌의 풍만한 가슴과 늘씬한 다리도 갖고 싶긴 하지만, 만약 내게 선택권이 주어진다면 내가 아는 착한 마녀들이 지닌 선의(善意), 이타심, 유쾌함 같은 천성을 선택할 것이다.

달라이 라마는 평화와 번영으로의 유일한 희망은 서구 여성들의 손에 달려 있다고 지적한 바 있다. 그가 특별히 서구 여성들을 언급한 것은 서구 세계의 여성들이 상대적으로 많은 부와 권한을 갖고 있기 때문이었을 것이며, 나 개인적으로는 이 세상 다른 모든 여성도 마찬가지라고 생각한다. 평화와 번영은 우리 모든 여성이 함께 해결해야 할 과제다.

인류 역사상 최초로 마침내 수백만의 여성들이 교육을 받고 있다. 건강을 챙길 수 있고, 정보를 제공받을 수 있으며, 여성들끼리 소통하며 우리가 살아가고 있는 현재의 문명을 전환할 수 있게 되었다. 우리 여성은 혼자가 아니다. 수많은 남성들이 우리와 함께하고 있으며, 우리의 자녀와 손자들, 즉 거의 대부분의 젊은이들도 우리와 함께한다. 늙은 남자들은 그저 조금씩조금씩 죽어가기를 기다리는 수밖에 별 도리가 없다. 표현이 너무 잔인했다면 용서를 구한다. 물론 늙은 남자들이 다 구제 불능인 건 아니다. 개중에는 깨어 있는 노인들도 있고, 진화의 능력을 갖춘 제대로 된 가슴의 노인들도 있으니까.

아, 그런데, 우리 늙은 여자들이라면 얘기가 달라진다.

지금은 용감한 할머니들의 시대이며, 고령 여성은 인구 구조에서 가장 빠르게 늘어나고 있는 영역이다. 우리 늙은 여자들은 이미 오랜 세월을 살아왔기에 잃을 것도 없고, 따라서 쉽게 겁을 먹지도 않는다. 누구와 싸울 생각도 없고, 비위를 맞출 생각도 없으며, 유명해지고 싶은 생각도 없기 때문에 하고 싶은 말을 명확하게 할 수 있다. 우리는 우정과 협력이 내포한 엄청난 가치를 잘 안다. 그리고 인류가 처한 상황과 지구가 처한 상황으로 괴로워하고 있다. 이제는 이 세상을 한바탕 뒤흔들기 위해 우리가 마음을 합칠 것이냐가 문제일 뿐이다.

#39.

요즘은 여성들 대부분이 사회생활을 하기 때문에 은퇴 또한 점점 우리 여성에게 가까이 다가오는 문제다. 전업주부에게는 은퇴도 없고 휴식도 없지만 말이다.

스페인어로 일을 그만두고 은퇴하는 것을 '후빌라시온jubilación'이라고 한다. 이 말은 '후빌로júbilo'에서 파생된 것으로, 'júbilo'는 '자기가 하고 싶은 일만 하면서 사는 이상적인 시기'에서 나온 말이다. 정말 은퇴라는 게 그런 것이면 좋겠다. 그런데 많은 경우, 자기가 하고 싶은 일을 할 수 있을 정도의 돈과 건강이

사랑하는 여자들에게

받쳐주지 않아 그렇게 살 수가 없다. 뿐만 아니라, 아무 일도 하지 않는 삶은 행복하지 않다는 사실이 이미 검증된 바 있다.

　　　남자들은 평생 일에 자신의 모든 것을 쏟아붓고, 일을 통해 자기를 실현하고 가치를 인정받기 때문에 은퇴는 남자에게 종말의 서곡일 수 있다. 그리고 일을 그만두는 순간, 공허함을 느끼며 정신적으로나 정서적으로나 침몰하고 만다. 그리고 두려움의 시간이 시작된다. 실패하면 어쩌나, 재산을 잃으면 어쩌나, 홀로 남겨지면 어쩌나, 이런 것들이 두려워지는 것이다. 그리고 두려움의 대상은 점점 더 많아진다. 돌봐줄 남성 또는 여성 동반자와 꼬리를 흔들어줄 강아지까지 없으면 그야말로 끝장이다. 그런데 여자들은 이보다 좀 낫다. 우리 여자들은 일도 하지만, 가족 관계와 우정도 잘 가꾸며 살고, 남자들에 비해 훨씬 사회성이 뛰어나며 관심사도 다양하기 때문이다. 물론 여자들도 노령 그 자체로 인한 취약성 때문에 두려움을 갖기도 한다. 내가 일반화시켜 얘기하고 있지만 독자들은 내 말을 충분히 이해하리라 생각한다.

　　　저명한 정신과 의사이자 심리학과 철학 분야의 베스트셀러 저자로 이십여 권의 책을 쓴, 제럴드 G. 젬폴스키 박사는 행복해지려는 성향은 유전자의 영향이 45퍼센트, 주변 환경의 영향이 15퍼센트라고 한다. 그렇다면 남은 40퍼센트는 삶을 대하는 우리 각자의 생각 및 자세와 관련이 있다는 뜻이다. 젬폴스키 박사는 아흔다섯 살이 되어서도 여전히 환자를 보고, 집필을 하고, 주 5회 헬스장에 가고, 매일 아침 눈을 뜰 때마다 새로운 하루에 감사하고, 현재의 건강 상태와 상관없이 주어진 하루를 행복하게 살아갈 것을 다짐한다. 나이가 들었다고 해서 에너지 넘치고 창의적인 삶을 살아가는 걸 막을 필요도, 세상에 참여하는 걸 제한할 필요도 없다.

이제는 인간의 수명도 더 길어져 앞으로도 이십 년 정도는 더 살게 될 것이므로, 올가 머레이가 했듯이 우리도 삶의 목적을 재규정하고 남은 시간에도 의미를 부여해야 할 것이다. 그 최선의 방법으로 젬폴스키 박사는 사랑을 제시한다. 사랑을 듬뿍 주라는 것이다. 상처받은 일은 잊어버리고 부정적인 생각도 떨쳐버려야 한다. 원한과 분노는 용서에 비해 더 많은 에너지를 고갈시킨다. 남을 용서하고 자신도 용서하는 것이 행복의 열쇠다. 그는 우리가 두려움 대신 사랑을 선택하는 순간, 인생의 말년이 훨씬 좋아질 수 있을 것이라고 했다. 사랑은 야생화처럼 그렇게 피어나는 존재가 아니라, 아주 조심스럽게 잘 가꾸어야 하는 대상이다.

#40.

달라이 라마에게 기자가 물었다.

"지난 삶을 기억하실 수 있으십니까?"

달라이 라마가 대답했다.

"내 나이가 되면 어제 있었던 일조차 제대로 기억나지 않는답니다."

#41.

새아버지 라몬 아저씨는 칠레 외교학교 이사장직에서 물러날 때까지만 해도 무척이나 활동적이고 똑 부러지는 사람이었지만, 은퇴를 기점으로 쇠락하기 시작했다. 원래 사교적인 성격이라 친구도 많았으나 그 친구들 역시 늙어 하나둘 세상을 뜨기 시작했다. 설상가상으로 형제들도 모두 먼저 세상을 떠났고, 심지어 딸도 하나 먼저 보내야 했다. 장장 백이 년을 살았기에 말년까지 그의 곁에 남은 사람은 판치타뿐이었다. 사실 그 즈음 엄마는 날마다 심술만 부려대는 남편한테 지쳐 차라리 과부가 되는 게 낫겠다고 생

사랑하는 여자들에게

각했다. 여하튼 간병하는 아주머니 몇이 라몬 아저씨를 온실 속 난초 돌보듯이 그렇게 돌보았다.

"은퇴한 게 내 인생 최대의 실수였어. 여든밖에 안 됐었 잖니. 나이는 숫자에 불과해. 한 십 년은 더 할 수 있었는데."

한번은 라몬 아저씨가 이런 말을 한 적이 있었다. 굳이 라몬 아저씨에게 나이 여든이면 구두끈도 혼자 매기 어려운 나이 임을 일깨워줄 생각은 없었다. 그리고 솔직히 라몬 아저씨가 서서 히 쇠락하기 시작한 게 아저씨의 은퇴 시점과 맞물린다는 점은 나 도 동의한다.

그때의 경험은 끝까지 활동을 멈추지 않고, 죽기 전에 내 마지막 뇌세포 하나와 영혼의 마지막 불꽃까지 다 써버리고 가 겠다는 결심을 새롭게 하는 계기가 되었다. 나는 은퇴하지 않을 것이며 날로 새로워질 것이다. 신중함을 택할 생각은 없다. 유명 셰프 줄리아 차일드는 붉은 살코기를 먹고 진을 마시는 게 자신 의 장수 비결이라고 했다. 사실 나는 전혀 다른 걸 열심히 먹고 있 지만, 줄리아 셰프가 그랬듯이 나도 나만의 비법을 바꾸지는 않 을 것이다. 엄마는 늙어보니, 죄가 될까 싶어 하고 싶었으나 행하 지 않았던 일들, 사고 싶었지만 차마 사지 않았던 일이 제일 후회 된다고 했다.

치매가 나를 좀먹지만 않는다면, 장수 집안인 우리 가 문에 치매 환자는 없지만, 강아지나 한두 마리 키우며 소극적으 로 살아가는 그런 노인은 절대로 되지 않을 것이다. 생각만 해도 끔찍하다. 하지만 젬폴스키의 말마따나 두려운 삶을 살 필요는 없다. 나는 지금도 열심히 미래를 준비하고 있다. 늙으면 자신이 지닌 결점과 장점이 서로 겨루게 된다. 나이가 들면 절로 지혜로워진다고 하는 말은 다 거짓말이다. 오히려 노인들은 거의 항상 약간의 광기에 사로잡혀 있는 게 맞다. 정말로 지혜로운 사람이 되고 싶다면 젊어서부터 스스로를 단련해야 한다. 내 힘이 닿는 한, 나는 나만의 글쓰기 공간인 이 층으로 올라가 글을 쓰면서 즐거운 하루하루를 보낼 것이다. 그렇게만 된다면, 나는 늙지 않는 것이다.

#42.

미국 사회는 예순여섯 살을 노령으로 접어드는 임계점으로 설정한다. 때문에 우리는 이때부터 연금 수령의 권리를 갖는다. 대부분의 사회인들은 이 나이에 은퇴를 하는데, 여자들은 더이상 흰머리를 염색하지 않고(아, 아직은 그러지 말기를!) 남자들은 환상을 좇아 비아그라를 쓰기 시작한다.(끔찍한 일이다!) 사실 인간은 태어나는 그 순간부터 노화의 과정을 시작하고, 사람들은 모두 저마다의 방식으로 노화를 경험한다. 문화 역시 노령과 관계가 있다. 예컨대 라스베가스에서 오십 먹은 여자는 투명 인간 취급을 받지만, 파리에서는 아주 매력적인 여성으로 대접받는다. 칠십 세 남성도 어느 벽촌에서는 노인 취급을 받을지 모르지만 내가 살고 있는 이곳 샌프란시스코에는 할아버지들이 떼로 자전거를 타고 몰려다니곤 한다. 몸에 찰싹 달라붙는 형광색 짧은 반바지만 입지 않는다면 꽤 괜찮을 것 같다.

멋지게 늙어가기 위해서는 식이요법과 운동을 해야 한다는 강박이 우리를 괴롭힌다. 그 방법이 좋기는 하다. 그렇지만 이 공식을 일반화시켜 모두에게 적용할 필요는 없다. 나 같은 사람은 운동과는 거리가 멀어서 느지막이 운동을 시작해서 나 자신을 괴롭힐 이유가 없다. 그저 산책 겸 강아지들을 데리고 근처 카페에 가서 카푸치노 한 잔 마시고 오는 것만으로도 충분하다. 우리 부모님은 평생을 건강하게 살았다. 그분들이 체육관에 가서 땀 흘리며 운동을 하거나 음식을 제한하는 모습은 본 적이 없다. 식사 때마다 와인을 한두 잔 마셨고, 저녁에는 칵테일을 한 잔씩 마셨다. 크림과 버터, 붉은 살코기, 달걀, 커피, 디저트를 비롯해 온갖 종류의 먹지 말라는 탄수화물을 다 먹었다. 물론 적정량만 먹었지만 말이다. 두 분 모두 살도 찌지 않았고, 콜레스테롤 운운하는 조언도 평생 들은 적 없다.

부모님은 멋진 삶의 마지막 순간까지 주변의 사랑과 보살핌 속에 있었다. 그러나 이건 매우 드문 예다. 인간 사회는 장수를 맞닥뜨릴 충분한 준비가 되어 있지 않기에 일반적으로 생의 말년은 비극적이기 일쑤다. 아무리 철저하게 계획을 세워놓았다고 해도 재정상태가 죽는 그날까지 우리를 지켜주기에는 부족하다. 생애 마지막 6년 정도는 그 어느 시기보다 돈도 많이 들고, 몸도 많이 아프며, 외로울 수밖에 없고, 누군가에게 의존해야 하는 시기일 뿐 아니라 너무나 많은 경우 빈곤에 시달리는 시기이기도 하다.

예전에는 가족, 좀 더 솔직하게 말하자면 집안의 여자들이 노인들을 돌보았지만 미국 같은 나라에서는 더 이상 그런 관습은 존재하지 않는다. 주택은 비좁고, 돈은 부족하고, 직장 일도 삶도 녹록치 않다. 설상가상으로 노인들은 너무 오래 산다.

이미 칠십 줄에 접어든 우리 같은 사람들은 요양원에서 기저귀를 찬 채, 약에 절고 휠체어에 몸을 묶인 채 말년을 보내는 게 아닐까 하는 두려움에 사로잡힌다.

나는 내 손으로 내 몸을 씻을 수 없을 정도가 될 때까지 살고 싶지 않다. 보통은 남자들의 수명이 여자들에 비해 좀 짧기 때문에, 나는 여성 친구들과 함께 언젠가 모두 과부가 된다는 전제하에 우리들만의 공동체를 만드는 꿈을 꾸곤 한다. 물론 나는 재혼한 지 얼마 되지 않았고 과부가 된다는 건 생각하기만 해도 우울해지기 때문에 그런 상황에 처하고 싶지 않다.

아무튼 병원이 멀지 않은 곳에 땅을 사서, 그곳에 공용 서비스를 받을 수 있는 통나무집을 여러 채 짓고, 애완견을 키우고 정원도 가꾸고 취미 생활도 하면서 살자는 것이다. 물론 그런 이야기를 자주 하기는 하지만 행동에 옮기는 건 계속 미루고 또

미루고 있다. 돈이 많이 들어서이기도 하지만, 내심으론 늘 우리가 독립적인 삶을 살아갈 것이라는 믿음이 있기 때문이기도 하다. 마법같은 생각 아닌가.

#43.

데이비드 싱클레어 교수의 말대로 우리가 백이십 살까지 노화를 피하며 건강하게 살아갈 수 없다면, 장수라는 난제에 대해 고민해 보아야 한다. 계속 문제를 피하기만 하는 건 큰일 날 일이다. 우리 사회는 노인 인구를 부양할 방법도 찾아야 하고, 그들이 원한다면 죽음을 맞이할 수 있도록 도와줄 방법도 강구해야 하기 때문이다. 안락사는 지구상의 진보적인 몇몇 곳에서가 아닌, 어디서든지 선택할 수 있는 선택지여야 한다. 인간에게는 존엄하게 죽을 수 있는 권리가 있는데도, 경우에 따라 법률이나 의료기관들이 존엄과는 거리가 먼 그런 삶을 우리에게 강제한다. 에이브러햄 링컨의 말처럼, 얼마나 오래 살았는가 보다는 어떻게 살았는가가 중요하다.

　나이 여든다섯에도 여전히 매력적인 한 남성 친구와 나는 적절한 시점이라고 판단될 때 함께 자살하자고 약속했다. 그가 직접 놋쇠로 만든 모기 형상을 닮은 경비행기를 몰고 수평선 저 너머를 향해 날아오른 뒤, 기름이 바닥날 때까지 비행하다가 태평양 바닷속으로 낙하하는 것이다. 부모들의 장례를 치러야 하는 두 집의 남은 가족들에게 장례 절차의 번거로움을 덜어줄 깔끔한 마무리가 아닌가. 안타깝게도 이 년 전에 그 친구의 경비행기 조종 자격증 유효기간이 만료되었는데, 자격증 갱신을 하는 대신 놋쇠 모기를 팔아치워버렸다. 그 친구는 요즘 오토바이를 한 대 살까 생각 중이다. 내가 바라는 죽음은 그런 것이다. 전광석화 같은 죽음. 나는 올가 머레이가 아니라서 숨을 거두는 그 순간까지 나를 사랑으로 보살펴줄 마을 사람들도 없기 때문에.

　그런데 미국과 유럽에서는 출산율이 하락하고 인구가 고령화되는 만큼 두 팔 벌려 이민자들을 환영해야 한다. 나이 들면 타지로 이민을 떠나지 않으므로 이민자들은 늘 젊은 층이고, 그들의 노동력이 은퇴자들을 부양하는 데 도움이 된다. 뿐만 아니라 전통적으로 어린아이들과 노인들을 돌보는 일은 이민 여성들이 도맡아왔다. 그녀들은 우리가 누구보다 사랑하는 사람들을 애정과 인내심으로 돌보는 유모 역할을 해주는 것이다.

노인들은 우선순위가 아니라 골칫거리일 뿐이다. 정부는 노인들을 위한 충분한 재원을 배정하지 않는다. 의료 시스템은 불공정하고 부적합하다. 그들에게 제공되는 주택은 대부분의 경우 대중의 시선에서 멀어지게 격리된 곳들이다. 국가는 사오십 년 동안 사회를 위해 헌신해온 그들을 예를 다해 부양해야 하지만, 우리 모두가 살고 싶어 하는 매우 문명화한 일부 국가를 제외하고는 그렇지 못하다. 대다수 노인들이 맞이하는 처절한 운명은 혼자 힘으로 아무것도 할 수 없는 궁핍하고 버려진 삶을 이어가는 것이다.

#44.

역동적인 활동을 이어가다가 긴 부츠를 그대로 신은 채 세상을 하직하고 싶다는 내 바람은 아마도 이루어지지 못할 것이고, 언젠가는 지금 이 시점에는 매우 중요해 보이는 일들을 조금씩조금씩 포기해야 하는 그런 순간이 다가올 것이다. 내가 포기해야 하는 최후의 것들이 성에 대한 감각(性感)과 글쓰기이기를 소망한다.

　　너무 오래 살면 집중력을 잃게 될 것 같다. 지난날을 기억하지 못하거나 집중하지 못하면 더 이상 글을 쓸 수 없을 것이고, 그렇게 되면 내 주변의 모든 이들이 고통 받게 될 것이다. 그들이 바라는 가장 이상적인 삶은 내가 그들의 시야에서 벗어나, 저 멀리 어느 방 한 켠에 조용히 고립된 채 살아가는 것일 테니까. 정신을 아예 놓아버리면 자각조차 못 할 테지만, 우리 엄마처럼 정신은 말짱한데 몸만 스스로 가눌 수 없게 된다면 정말 불행할 것 같다.

아직은 운전을 얼마든지 하지만 언젠가는 운전이 어려워질 것이다. 원래 난 운전 솜씨가 형편없었는데 지금은 훨씬 더하다. 전에는 분명히 없었던 것 같은 나무들이 별안간 눈앞에 나타나는 바람에 나무를 들이받기도 한다. 도로 표지판을 제대로 확인하지 못해 툭하면 길을 잃고 쩔쩔매기 때문에 야간 운전은 삼간다. 운전만 어려운 게 아니다. 컴퓨터를 신형으로 업그레이드하는 일도, 휴대폰이나 자동차를 바꾸는 일도, 텔레비전 리모콘의 다섯 가지 기능을 익히는 일도 다 싫다. 병뚜껑도 혼자 못 따고, 같은 의자도 점점 더 무겁게 느껴지고, 단춧구멍은 점점 작아지는 것 같고, 신발은 갈수록 너무 조이는 느낌이다.

이런 제약들이 늘어나는 것 외에도, 성욕 감소 현상도 피할 수 없다. 최소한 예전에 내 온몸을 휘감던 그 강력한 리비도에 비교하면 분명히 그렇다. 성감은 나이를 따라서 변한다.

영적 수행을 위한 기도 모임 '에르마나스 델 페르페투오 데소르덴' 여섯 명 중 하나인 내 친구 그레이스 다만은 금문교에서 자동차 정면충돌 사고를 겪은 후 여러 해 동안 휠체어 신세를 져야 했다. 그녀는 원래 운동을 많이 했고, 사고 직전까지만 해도 에베레스트 등정을 위해 열심히 훈련을 하고 있었다. 그러나 사고로 곳곳의 뼈가 바스러져버리는 바람에 반신불수가 되고 말았고, 그녀 스스로 그런 상황을 받아들이기까지 여러 해가 걸렸다. 그러나 그녀의 마음만은 여전히 하와이에서 수상 스키를 즐기고, 마라톤을 달리고 있을 것이다.

그레이스는 누군가의 조력이 필요한 상태라서 현재 실버 레지던스에서 살고 있다. 입소자 중에서 가장 젊다고 한다. 그녀가 받는 조력은 그리 많지는 않다. 아침에 옷 갈아입는데 5분 정도, 저녁에 침대에 눕는 데 다시 5분 정도, 그리고 주 2회 샤워 지원 정도가 전부다. 그녀가 감각적으로 가장 쾌감을 느끼는 순간은 바로 그 샤워 시간이다. 피부를 타고 흘러내리는 물방울 하나하나가 축복이기에 풍성한 비누 거품, 샴푸 거품과 함께 그 축복을 최대한 즐긴다. 나는 종종 샤워를 하면서 그레이스를 떠올린다. 그리고 이렇게 샤워를 할 수 있다는 게 얼마나 엄청난 특권인지를 기억한다.

#45.

내 몸은 점차 노쇠하지만 내 영혼은 점점 더 젊어지고 있다. 그러면서 내가 지닌 결점과 장점도 더욱 또렷하게 드러나는 것 같다. 요즘은 전에 비해 돈도 좀 쓰면서 더 재미있게 지내지만, 불같던 성격도 다소 누그러져 화는 좀 덜 낸다.

      내가 늘 추구했던 이상과 내가 사랑하는 몇몇 사람들에 대한 열정은 더 커졌다. 더 이상 내가 지닌 취약성은 두렵지 않다. 취약성과 나약함은 다르기 때문이다. 나는 언제든 내 집의 문과 마음을 활짝 열어두고 두 팔 벌려 세상을 끌어안으며 살아갈 수 있다. 이것이 바로 내가 나이 먹음을 자축하고 여자로 태어난 것을 자축하는 또 다른 이유다. 글로리아 스타이넘이 말했듯이 내 안의 남성성을 굳이 증명할 필요가 없는 것이다. 다시 말해, 외할 아버지가 내게 심어주었던 강인한 이미지를 더 이상 가꿔나갈 필요가 없다. 그런 이미지는 과거의 삶에서는 큰 도움이 되었지만 더는 필요 없게 되었다. 이제는 주변에 도움을 요청하거나 감상적이 될 수 있는 호사를 누릴 수 있기 때문이다.

내 딸 파울라를 떠나보내면서, 나는 죽음이라는 것이 항상 우리 곁에 있다는 사실을 완벽하게 깨달았다. 칠십 줄에 접어든 지금 죽음은 어느덧 나의 친구가 되었다. 죽음은 낫을 든 썩은 냄새 풍기는 해골이 아니다. 죽음은 성숙하고 우아하며 치자꽃 향기를 풍기는 상냥한 여인이다. 전에는 우리 동네 어귀를 어슬렁거리더니 얼마 전에는 우리 이웃집에 와 있다가 지금은 우리 집 마당에서 참을성 있게 대기하고 있다. 가끔 그녀 앞을 지나칠 때면 서로 인사를 나눈다. 그때마다 그녀는 나에게 지금 이 순간이 마지막 순간인 것처럼 하루하루를 충만하게 누리라고 일깨워준다.

요약하자면, 나는 길고 긴 내 삶의 여정 중 가장 찬란한 순간을 지나고 있다. 보통의 모든 여성에게도 이것은 희소식이 아닐 수 없을 것이다. 갱년기를 지나고 자녀 양육을 끝낸 뒤, 삶에 대한 기대를 최소한도로 줄이고, 미움을 버리고, 아주 가까운 몇몇 사람을 제외한 모든 이들은 우리가 누구든, 우리가 무엇을 하든 전혀 개의치 않을 것이라는 사실을 명확하게 인지하여 마음 편해질 수 있다면, 인생이 훨씬 편해질 수 있다는 말이다. 주변 사람들에게는 그저 척하고, 체하고, 함께 비분강개해주고, 바보짓을 했다며 슬쩍 나무라는 말을 해주는 정도면 충분하다. 중요한 건 자기 자신을 많이 사랑해야 한다는 것이다. 그리고 내가 보낸 사랑에 대해 남이 얼마나 큰 사랑으로 보답할 것인지를 재지 말고 그냥 남을 사랑해야 한다. 바로 온정의 단계로 넘어가야 한다는 것이다.

#46.

평생을 살아오면서 나는 훌륭한 여성들을 여럿 알아왔다. 그녀들 덕분에, 나는 입을 꾹 다문 채 손가락 관절까지 하얘지도록 주먹을 불끈 쥐고 내 말을 들어야 했던 외할아버지에게 호언장담했던 말마따나, 언젠가는 여자와 남자가 평등해지는 세상이 오고야 말 거라는 열다섯 살 소녀의 비전을 지금까지 키워올 수 있었다. "얘야, 이사벨. 나는 네가 살고 있는 세상이 도대체 어떤 세상인지 잘 모르겠구나. 우리와는 전혀 상관없는 얘기들을 하고 있으니 말이다." 할아버지는 그렇게 대꾸하곤 했다. 그리고 몇 년 후, 군사 쿠데타가 일어나 하루아침에 민주주의가 종식되고 장기 독재 국가로 전락했을 때도 같은 말을 했었다.

나는 기자였기에 당시 그늘진 어둠 속과 강제 수용소, 고문실에서 자행된 온갖 일들을 알 수 있었다. 당시 수천 명이 실종되었고, 사막에 사람들을 몰아넣고 다이너마이트를 터뜨려 산산조각 내는 학살이 벌어졌고, 헬리콥터에 사람들을 싣고가 바다에 떨어뜨려 수장시켜버리는 만행들이 있었다.

외할아버지는 이런 얘기를 듣고 싶어하지 않았다. 다 소문일 뿐이라면서, 우리와는 아무런 상관없는 일이니 더는 정치 문제에 관여하지 말고 집에 가만히 있으면서 남편과 아이들 생각만 하라고 했다. "날갯짓으로 달리는 기차를 막으려 했던 앵무새 이야기 기억하지? 결국 앵무새는 기차에 깔려 산산조각이 났고 깃털 하나 남지 않았지. 설마 너도 그렇게 되고 싶은 건 아니겠지?" 할아버지는 여러 차례 날 불러 말하곤 했다.

수사학적 기교가 넘치는 할아버지의 그 물음은 수십 년 동안 나의 뇌리를 떠나지 않았다. 내가 원하는 건 과연 무엇인가? 우리 여성들이 원하는 건 과연 무엇인가? 잠시 칼리프의 옛날이야기를 하나 들려줘야겠다.

옛이야기 속 바그다드에서 사람들이 상습적인 도둑 하나를 칼리프에게 끌고와 재판을 해달라고 했다. 통상 도둑에게는 손목을 자르는 형벌이 가해졌지만, 그날은 칼리프가 아침에 눈을 뜨면서부터 기분이 좋았던 터라 도둑에게 살길을 터주었다.

"여자들이 원하는 게 무엇인지 말해봐라. 그리하면 살려줄 것이다."

도둑은 잠시 생각하더니 예언자 알라에게 기도한 후 교활한 대답을 내놓았다. "오, 숭고한 칼리프시여! 여자들은 자기들의 이야기를 경청해주기를 원합니다. 그러니 무엇을 원하는지 여자들에게 물어보십시오. 대답을 들으실 수 있을 것입니다."

나는 이 부분을 쓰기 전에 약간의 조사가 필요하다고 생각했다. 그러나 여기저기 찾아다니며 여성들에게 질문을 퍼붓는 대신 인터넷을 참조해 시간을 절약할 수 있었다. 칼리프의 질문은 이것이었다. 여자들이 원하는 건 무엇인가? 문득 어떤 자기계발서의 제목이 떠올랐다.《여성이 원하는 게 무엇인지 확인한 후 잠자리를 가져라!》그런가 하면, 어떻게 하면 여자가 생길 수 있는지에 대해 남자들이 남자들에게 건냈던 조언들도 기억났다. 몇 가지를 추려보자면 이렇다. "여자들은 터프한 남자를 좋아하니 공격적이고 자신감 넘치는 모습을 보여줘야 한다. 여자들에게 권력을 넘기지 말아야 하며, 남자가 명령하고 요구해야 한다. 남자의 필요가 우선이며, 여자들도 그걸 원한다."

나는 이 모든 말이 틀렸다고 생각한다. 최소한 나의 충실한 독자들과 내가 운영하는 재단을 통해 만난 여성들 중에는 그런 생각을 하는 사람들이 없다. 오히려 칼리프의 질문에 대해 내가 좀 더 적절한 답을 내놓을 수 있을 것 같다. 여성이 원하는 건 대충 이런 것이다. 안전하게 살기, 인격체로 존중받기, 평화롭게 살기, 경제적으로 자립하기, 사람들과 연결되기, 그리고 무엇보다 사랑하기. 이어지는 다음 장들에서는 이것이 갖는 의미에 대해 좀 더 구체적으로 살펴보겠다.

#47.

모든 형태의 폭력을 표준화하는 여성 대상 폭력은 한 나라의 폭력 수준을 드러내는 가장 정확한 지표가 된다. 길거리 치안이 불안하고 마약 카르텔과 폭력 조직이 별다른 처벌조차 받지 않고 활개 치는 멕시코에서는 하루 평균 열 명의 여성이 살해당한다고 추정된다. 그나마 아주 보수적으로 추정한 수치가 이렇다. 이들 여성의 대부분은 애인이나 남편을 비롯해 알고 지내던 남성들에 의해 살해당했다. 1990년대 이래로 치와와 주 후아레스 시에서만 수백 명의 젊은 여성들이 강간당하고 때로는 잔인하게 고문까지

당한 후 살해당했는데, 당국은 별다른 신경을 쓰지 않았다. 결국 2020년 3월, 대규모 여성 시위가 벌어졌다. 여성들은 총파업의 날을 선포하고 연좌 농성을 벌였다. 출근도 하지 않고, 집안일도 하지 않은 채 거리로 나가 시위 행렬에 동참했다. 과연 이날의 시위 이후로 당국이 어떤 식으로든 변화할지 두고 볼 일이다.

콩고민주공화국은 오랜 정치 불안과 무장 충돌의 역사 속에서 '세계 강간의 수도'라는 부끄러운 별칭을 얻기에 이르렀다. 여성 강간과 여성에 대한 조직적 폭력 행위가 무장 세력들이 활용하는 억압의 수단인 것도 문제고, 강간 사례의 삼분의 일이 민간인들에 의해 자행된다는 것도 문제다. 아프리카와 라틴아메리카, 중동 지역과 아시아 대륙 곳곳에서도 유사한 일들이 벌어지고 있다. 테러 조직에서처럼 남성우월주의가 과도하고 젠더 양극화가 심한 곳일수록 여성에 대한 폭력은 극심하다.

우리 여성들은 우리 자신과 우리의 자녀들을 위해 안전을 희구한다. 여성은 자식을 보호하도록 프로그래밍 되어 있으며, 최선을 다해 기꺼이 그 임무를 수행한다. 뱀이나 악어 같은 파충류에서는 어떤지 잘 모르겠지만, 암컷의 이런 성향은 대부분의 다른 동물들에서도 마찬가지로 나타난다. 특별한 몇몇 예를 제외하고는 새끼를 돌보는 건 암컷이고, 종종 배고픈 수컷들에게 새끼가 잡아먹히기라도 할라치면 목숨을 걸고 제 새끼를 지킨다.

위협에 직면했을 때 수컷의 반응은 꽁무니를 내빼거나 싸우는 것이다. 아드레날린과 테스토스테론이 분비되기 때문이다. 이에 비해 암컷의 반응은 새끼들을 모아놓고 그 주위로 원을 그리며 어슬렁거리는 것이다. 옥시토신과 에스트로겐이 분비되는 것이다. 옥시토신은 서로 유대감을 형성하게 하는 놀라운 역할을 하는 호르몬으로, 간혹 정신과 의사 중에는 커플 치료에 이 호르몬을 사용하는 이들도 있다. 이들 커플은 서로를 죽이기 전에 합의에 도달할 수 있기를 바라는 마음으로 비강에 옥시토신 스프레이를 분사한다. 윌리와 나도 이 호르몬 요법을 시도해보았지만 우리에게는 효과가 없었다. 아마도 흡입량이 부족했던 게 아닌가 싶다. 결국 우리 두 사람은 이혼했지만 그 고마운 호르몬의 여파인지 최근에 윌리가 먼저 세상을 떠나는 그 순간까지도 좋은 친구로 지낼 수 있었다. 그가 키우던 개 페를라를 나에게 유산으로 남긴 일이야말로 우리 우정의 증거인 셈이다. 페를라는 온갖 종자가 뒤섞인 잡종견인 탓에 얼굴은 꼭 박쥐같이 생겼고 몸통은 살찐 쥐같이 생겼지만, 성격 하나는 아주 좋다.

#48.

여성에 대한 폭력은 전 우주 보편적 현상이며 인류의 문명과 궤를 같이한다. 흔히들 인권을 말하지만, 사실 여기서 인권이란 남성의 권리를 의미한다. 남성이 구타를 당하고 자유를 박탈당하면 학대라고 말하면서도, 같은 일을 여성이 당하면 가정 폭력이라 부르고, 전 세계 대부분의 지역에서는 여전히 그저 집안일 정도로 치부해버리고 있다. 심지어 일부 국가에서는 명예를 지킨다며 부녀자를 살해해도 범죄로 처벌되지 않기도 한다. 유엔에 따르면, 중동과 남아시아 지역에서 가문의 명예를 지킨다는 이유로 남자나 가족에 의해 살해당하는 부녀자의 수가 연간 오천 명에 달한다.

　　　　미국에서는 매 6분마다 여성 한 명이 성폭력을 당한다는 통계가 있다. 이 통계는 보고된 사례만을 반영한 것이므로 실제 수치는 이의 다섯 배는 될 것이다. 또한 매 90초마다 여성 한 명이 구타를 당한다. 성희롱과 공갈 협박은 가정과 거리, 직장, 소셜네트워크를 가리지 않고 어디서든 발생한다. 특히 소셜네트워크에서는 익명성을 무기로 심각한 여성혐오적 표현이 범람하기도 한다. 그나마 이건 모두 미국 이야기니, 여성의 권리가 이제 겨우 걸음마 단계에 있는 나라들에서는 과연 어떤 일이 벌어지고 있을지 한번 상상해보라. 가부장적 문화에서 여성에 대한 폭력은 전혀 이상할 것 없는, 문화에 내재된 일부분일 뿐이다. 이제 우리는 그것을 폭력이란 이름으로 부르며, 고발해야 한다.

#49.

여자로 산다는 것은 두려움의 삶을 의미한다. 모든 여성들의 DNA 속에는 남성에 대한 두려움이 각인되어 있다. 할일 없는 남자들이 무리지어 있는 곳을 지나가는 너무나도 평범한 행동을 할 때에도 여자들은 그 행동을 하기에 앞서 다시 생각한다. 대학 캠퍼스나 군 부대 같은 통상적으로 안전하다고 생각되는 장소에서도 불상사가 생겼을 때 그 책임은 여성에게 있다는 전제가 깔려 있는 것이다. 여 성들에게는 위험한 상황을 회피할 것을 가르친다. 공격을 받았다 면 있지 말았어야 할 시간에 있지 말았어야 할 장소에 있었기 때문일 뿐이다. 남자들의 태도가 달라질 거라는 생각은 하지 않는다. 오히려 남자들에게는 여성을 유린하는 일이 허용되어 있을 뿐 아니라, 그런 행동을 저지르고는 그것이 마치 남성의 권리이자 남성성의 특징이기라도 한 듯 축하받기까지 한다. 다행히도 선진국에서는 미투 운동(#MeToo)을 비롯한 움직임 덕분에 이런 사고에 빠르게 변화가 일고 있다.

앞서 언급한 내용의 가장 극단적인 사례는 남성들의 성욕을 자극하지 않기 위해 머리끝에서 발끝까지 부르카를 뒤집어쓰고 사는 여성들이다. 아무래도 그 지역 남자들은 여자들의 살갗을 손톱만큼만 봐도, 여자들의 흰 양말 끝 몇 센티만 봐도 짐승처럼 성 충동이 솟구치는 모양이다. 여하튼 나약함으로 인해, 또는 남자들의 못된 습관 때문에, 벌을 받는 건 여자들이다. 남자에 대한 두려움이 너무나 큰 만큼 여자들은 부르카를 입었을 때라야 자신들이 드러나지 않고 그만큼 안전하다고 느끼기 때문에 부르카 착용을 옹호한다.

작가 에두아르도 갈레아노는 이렇게 말했다.

"사실 남성의 폭력에 대한 여성의 두려움은 두려움 없는 여성에 대해 남성이 느끼는 두려움이 그대로 투영된 거울이다."

좋은 말이긴 한데, 뭔가 개념이 혼란스러운 느낌이다. 온 세상이 공모해 여성들을 겁주려고 드는데, 어떻게 공포심을 느끼지 않을 수 있겠는가? 세상에 두려움 없는 여성은 거의 없다. 다만, 우리 여성들이 힘을 합치고, 그로 인해 천하무적이라는 느낌을 갖게 된다면 달라질 것이다.

여성에 대한 욕망과 증오가 온통 뒤죽박죽 뒤섞여버리게 된 근원은 무엇일까? 왜 여성에 대한 성폭력과 성희롱이 인권이나 시민권을 유린하는 문제로 간주되지 않는 걸까? 왜 남자들은 침묵하는 것일까? 왜 마약과의 전쟁, 테러와의 전쟁, 범죄와의 전쟁은 선포하면서 여성 대상의 폭력에 대한 전쟁은 선포하지 않는 걸까? 대답은 자명하다. 폭력과 두려움이야말로 여성을 통제할 수 있는 도구이기 때문이다.

#50.

2005년에서 2009년까지 볼리비아의 마니토바라는 초보수주의 성향의 외딴 마을에서는 수소를 거세할 때 사용하는 마취 스프레이로 어린 여아들을 포함한 여성 백오십 명을 마취한 뒤 정기적으로 강간한 일이 있었다. 피해 여성들 중에는 겨우 세 살 된 여아도 포함되어 있었다. 마취에서 깨어난 여성들은 하나같이 유린당하고 피범벅이 되어 있었지만, 설명은 이랬다. 그녀들이 귀신 들린 탓에 악마가 벌을 내린 것이다. 여자들은 모두 문맹이었고, 옛날식 독일어를 쓰고 있어서 외부 세계와의 소통이 불가능했다. 자신들이 어디에 사는지도 몰랐고, 지도를 보고 탈출할 줄도 몰랐으며, 믿고 의지할 데도 없었다. 이런 일이 여기에서만 일어난 건 아니다. 나이지리아의 테러 조직인 보코 하람과 같이 종교적으로나 다른 측면에서 고립된 근본주의 공동체들에서는 전에도 이런 일들이 벌어졌고, 지금도 여전히 벌어지고 있다. 그들에게 여성은 동물과 다를 바 없는 존재였다. 더러 이데올로기와는 상관없이 단순히 세상과 고립되어 있다거나 무지하기 때문에 이런 일이 벌어지기도 한다. 예컨대 북극권 노르웨이 북단에 있는 티스피요르드 같은 곳이 그런 곳이다.

남성은 여성의 힘을 두려워하고, 그래서 법과 종교, 관습의 힘을 빌어 수세기동안 여성들의 지적 계발과 예술적, 경제적 발전을 가로막는 온갖 제한을 가해왔다. 한때는 수만 명에 달하는 여성들이 너무 많이 안다는 이유로, 지식을 지니고 있다는 이유로 마녀로 몰려 고문을 당하고 산 채로 화형을 당하기도 했다. 여자들은 도서관에도 갈 수 없었고, 대학에도 갈 수 없었다. 물론 지금도 일부 지역에서는 여전히 그런 관행이 유지되고 있다. 남자들이 생각하는 가장 이상적인 모습은 여성을 문맹화하여 고분고분 복종하게 만들고, 쓸데없이 질문하거나 반기를 들지 못하도록 하는 것이기 때문이다.

똑같은 일은 노예들에게도 일어났다. 노예들은 글을 깨우치려 들었다가 매질을 당했고, 더러 죽임을 당하기도 했다. 오늘날에는 대다수의 여성들이 남성들과 똑같이 교육을 받을 수 있지만, 너무 두드러지거나 리더의 위치에 오르려고 하면 2016년 미국 대선에서 힐러리 클린턴이 겪은 것과 같은 공격을 당하게 된다.

51

미국의 연쇄살인범들을 보면 거의 예외 없이 백인에 공통적으로 여성혐오 성향을 지니고 있다. 그들의 여성혐오는 가정 폭력, 여성에 대한 위협과 폭행의 이력을 보면 확인된다. 이런 사이코패스들 상당수는 어머니와의 관계에서 문제를 겪었던 사람들이다. 그들은 여성의 거절과 무관심, 조롱을 견디지 못한다. 즉, 여성이 힘을 가진다는 사실을 참을 수 없는 것이다. "남자들은 여자들이 자신들을 비웃을까봐 두려워하고, 여자들은 남자들이 자신들을 죽일까봐 두려워한다." 여성 작가 마거릿 애트우드의 말이다.

여성해방운동으로 남성들은 2~3세대에 걸쳐 자존심에 상처를 받았다. 그 시간 동안 남성들은 한동안 남성들의 전유물이라고 생각했던 분야에서 여성들의 도전을 받아왔고, 종종 여성의 능력이 남성의 능력을 상회하는 결과를 냈기 때문이다. 일례로, 군대에서 성폭행 지수가 높은 건 우연이 아니다. 군이라는 곳이 과거에는 여성들이 군사 작전과는 상관없는 행정직 정도만 맡을 수 있는 곳이 아니었던가. 여성이 힘을 갖는 것에 대한 남성의 반응은 때로 폭력적이다.

물론 모든 남성이 다 잠재적인 학대자이고 강간범이라는 말은 아니지만, 여성 성폭행 비율이 너무 높아 여성에 대한 성폭행을 있는 실체 그대로, 즉 여성 유린이야말로 인류가 맞닥뜨린 최대의 위기라는 점을 사실 그대로 바라볼 필요가 있다. 여성을 유린하는 사람들은 별난 사람도, 사이코패스도 아닌, 여성의 아버지, 남자 형제, 애인, 남편을 비롯한 평범한 남자들이다.

완곡한 표현만으로도 충분하고, 부분적 해결책만 나와주어도 된다. 사회의 기저에서 이는 근본적인 변화만 있다면, 그 변화를 널리 퍼뜨리는 것은 우리 여성들의 몫이다. 여성들이여, 기억하라. 누구도 우리에게 아무것도 거저 주지 않는다. 뭔가를 얻고자 한다면 우리 스스로 쟁취해야 한다. 우리는 전 세계적인 차원의 인식을 제고하고, 우리 스스로를 조직화해야 한다. 지금은 그 어느 때보다도 그런 일이 가능한 시점이다. 우리에게는 정보도 있고, 커뮤니케이션 능력도 있으며, 동원 능력도 있다.

52

여성의 학대는 곧 여성의 평가 절하와 맥을 같이한다. 페미니즘
은 버지니아 울프가 말했듯이, 여성도 사람이라는 급진적인 개념
이다. 수 세기 동안 여성에게도 영혼이 있는가 하는 문제는 논란
의 대상이었다. 지금도 곳곳에서 여성을 팔기도 하고 사기도 하
며, 마치 물건이기라도 한 듯 교환하기도 한다. 대부분의 남성들
은 말은 아니라고 하겠지만 사실 여성을 자신들보다 열등한 존재
로 여기기 때문에, 자신 만큼이나 지적 소양이 있고 자신만큼이나
성취를 이룬 여성을 보면 충격을 받고 언짢아 한다.

전에 한 회고록에 쓴 이야기이긴 한데, 아주 중요한 이야기이기 때문에 지금부터 여기에 간단히 요약해 소개하고자 한다. 여러 해 전, 그러니까 1995년에 나는 친구 타브라와 당시 남편이었던 윌리와 함께 인디아를 여행한 적이 있었다. 두 사람은 내가 딸의 죽음으로 인한 무기력증을 떨치고 빠져나오도록 도우려는 생각에 그 여행을 계획한 것이었다. 이미 일종의 회고록인 소설《파울라》를 씀으로써 내게 일어난 일을 이해하고 결국 받아들일 수 있게 되었지만,《파울라》가 출간된 후 나는 다시 엄청난 공허감에 빠져들고 말았다. 더 이상 내 삶은 아무런 의미가 없었다.

인디아에 대해서는 그 나라가 지니고 있는 대조와 놀라운 아름다움, 내 여생에 어떤 식으로든 영향을 미친 어떤 것에 대한 기억이 있다.

우리는 운전기사가 딸린 렌터카를 빌려 라자스탄이라는 시골길을 지나고 있었다. 엔진이 과열되어 잠시 차를 세운 뒤 엔진의 열기가 좀 식기를 기다렸다. 그동안 타브라와 나는 황량한 마을에 거의 유일하게 서 있는 나무의 그늘 아래, 아이들 몇과 함께 서 있는 여자 예닐곱 명이 있는 쪽으로 걸어갔다. 저 사람들은 저기서 뭘 하고 있는 거지? 도대체 어디서 온 사람들일까? 지금까지 차를 달리는 동안 마을도 없었고 우물도 없었는데 어떻게 사람들이 있을 수 있는지 신기했다. 한눈에 봐도 젊고 궁핍해 보이는 그 여자들은 타브라의 빨강 머리에 끌렸는지, 지금도 일부 지역에 남아 있는 그 순진한 호기심에 가득 찬 채 우리 쪽으로 다가왔다.

우리 둘은 어느 시장에서 샀던 은팔찌를 하나씩 선물로 나눠주고는 아이들과 함께 한참을 놀았다. 마침내 운전기사가 울려대는 경적 소리가 들려왔다.

막 작별 인사를 하는데 한 여자가 내게 다가오더니 넝마로 둘둘 만 조그마한 물건 하나를 건넸다. 아주 가벼웠다. 나는 우리가 선물한 팔찌에 대한 답례로 뭔가를 주고 싶어한다고 생각했다. 그런데 넝마를 헤치고 보니 그 안에는 갓난아기가 들어 있었다. 내가 축복을 건넨 뒤 아이를 다시 아이 엄마에게 돌려주려는데 여자가 뒷걸음을 치더니 아이를 넘겨받지 않으려 했다. 너무 놀라 꼼짝도 못 하고 있는데, 거구에 수염을 기르고 터번을 두른 운전기사가 뛰어오더니 내 품에서 아이를 빼앗아 거칠게 애 엄마가 아닌 다른 여자에게 아이를 넘겨버렸다. 그러더니 내 팔을 잡고 거의 끌고 가듯이 자동차로 데려가서는 서둘러 출발했다. 한참 후에야 나는 겨우 정신을 차릴 수 있었다.

"도대체 무슨 일이예요? 그 여자가 왜 저한테 아이를 주려던 거죠?" 놀란 마음이 진정되지 않은 내가 기사에게 물었다.

"계집애라서 그래요. 아무도 딸을 원지 않거든요." 기사가 대답했다.

끝내 나는 그 갓난 여아를 구할 수 없었다. 그런데 그 아이가 몇 년 전부터 내 꿈에 나타나기 시작했다. 어떤 꿈에서는 비참한 생활을 하고 있었고, 어떤 꿈에서는 어린 나이에 죽었으며, 어떤 꿈에서는 내 딸이나 내 손녀이기도 했다. 그 아이 생각을 하다가 그 아이 같은 여자들과 어린 여아들, 그 누구도 원치 않는 존재들, 그래서 어린 나이에 팔리듯이 조혼을 하고, 강제 노역에 시달리거나 매춘을 해야 하는 아이들, 구타를 당하고 강간을 당해 어린 나이에 또 다른 아이를 낳아야 하는 아이들, 끝없이 순환 반복되는 굴욕과 고통 속에서 자기 같은 또 다른 여아들의 엄마가 되어야 하는 아이들, 너무 어린 나이에 죽음을 맞이하는 아이들, 그리고 태어날 권리조차 누리지 못한 그런 여아들을 돕기 위한 재단을 만들기로 마음먹었다.

태아의 성별이 식별 가능한 오늘날엔 수백만의 여아들이 낙태의 대상이 된다. 인구 통제를 위해 2016년까지 한 자녀 갖기 정책을 펴온 중국에서는 신붓감이 부족해서 다른 나라에서 여자를 들이고 있으며, 때로는 이런 일이 강압적으로 자행된다.

최소한 지난 5년 간, 과거 버마로 불리던 미얀마와 태아 기준으로 여아 백 명당 남아 백사십 명으로 남녀 성비 불균형이 가장 극심한 중국 허난성에서만 여성 2만 1천 명이 인신매매된 것으로 추산된다. 약물을 주입당하고, 매질을 당하며, 성폭력을 당한 그 여자 아이들은 포로 신세의 아내가 되고 본인의 의지와 상관없이 엄마가 된다.

이렇게 여성에 대한 수요가 높아진 걸 보면 언뜻 여아도 남아만큼 가치를 인정받게 되는 게 아닐까 생각할 수 있다. 그러나 아직은 전혀 그렇지 못하다. 여전히 곳곳에서 아들이 태어나는 건 축복이고 딸이 태어나는 건 불행이다. 심지어 산파조차도 딸을 받으면 수고비가 적은 게 현실이다.

#53.

세계보건기구 WHO에 따르면, 이미 2억 명에 달하는 여성이 할례 희생자가 되었다. 여전히 아프리카와 아시아 각지, 유럽 및 미국의 이민자 사회 곳곳에서는 삼백만 여아들이 할례를 당할 위험에 직면했다. 비위가 좋다면 인터넷에서 도대체 할례란 것이 무엇인지 확인해보기 바란다. 할례는 마취도 하지 않고 최소한의 위생 조치도 없이 면도칼이나 식칼, 유리 조각 등으로 여야의 음핵과 음순을 도려내는 관행이다. 그런데 여아의 성기를 도려내는 할례의 수행자는 다름 아닌 또 다른 여성들이다. 그 여성들은 아무런 의문을 제기하지 않고 그저 여자의 성적 쾌락과 오르가즘을 방지하는 것이 목적이라며 관습을 반복할 뿐이다. 해당국 정부는 종교나 문화적 관습이라며 개입하려 들지 않는다. 할례를 받지 않은 처녀는 결혼 시장에서 가치가 떨어진다.

여성과 여아를 대상으로 하는 성적 학대와 착취, 고문, 범죄는 아직도 세계 곳곳에서 대규모로 자행되고 있다. 그리고 거의 늘 처벌을 벗어난다. 그 규모가 얼마나 큰지 기겁할 정도다. 그로 인한 공포의 크기는 가늠하기조차 어렵다. 우리는 실제로 그런 악몽을 겪은 여아나 여성을 만나서 그들의 얼굴을 보고, 그들의 이름을 확인하고, 그들의 목소리로 사연을 듣고 나서야 비로소 연대할 수 있다.

우리는 우리 딸들에게는 그런 끔찍한 일이 일어나지 않을 거라 생각하지만, 우리 딸들 역시 세상으로 나가면서 무시당하고, 괴롭힘을 당해 혼자 힘으로 스스로를 지켜야 하는 순간이 끝없이 이어질 수 있다. 일반적으로 초·중·고등학교에서 보면 여학생들이 남학생보다 더 똑똑하고 성실한데도 불구하고 기회는 적다. 직장에서도 남자 직원들이 여자 직원들보다 급여도 더 받고 요직도 독차지한다. 예술과 과학 분야에서도 여자들은 남자들이 누리는 인정의 절반만이라도 받기 위해서는 두 배의 노력을 해야 한다. 더 많은 예를 늘어놓을 필요도 없을 것 같다.

지난 수십 년 동안 여성은 자연에 반하는 존재로 여겨지며 재능이나 창의력을 개발할 수 없었고, 그저 아이를 낳는 생물학적 숙명이 지워져 있을 뿐이었다. 더러 성공하는 경우에도 많은 여성 작곡가와 화가, 작가, 과학자들이 그랬던 것처럼 모든 공을 남편이나 아버지에게 돌리고 그들 뒤로 모습을 감춰야만 했다. 이제 이런 행태는 바뀌었다. 그러나 모든 곳에서 그리 된 것도 아니고, 우리가 원하는 만큼 모든 게 바뀐 것도 아니다.

실리콘밸리는 인간관계와 소통의 본질을 영원히 변질시켜버린 기술의 낙원으로, 그곳 사람들의 평균 나이는 30세 미만이다. 즉 그곳 사람들은 젊으며, 모르긴 해도 훨씬 진보적이며 세상에 대한 비전이 있는 세대에 속한다는 말이다. 그런데 그런 실리콘밸리에서조차 반세기 전부터 이미 수용 불가해진 마초이즘으로 여성을 차별하고 있다. 다른 곳에서도 그렇듯이 실리콘밸리 환경에서도 여성의 고용지수는 무척 낮고, 채용이나 승진이 지연되며, 의견을 개진하면 평가절하당하거나 중도 차단되거나 무시받고, 더러는 괴롭힘을 당하기까지 한다.

내 엄마 판치타는 색채 감각이 뛰어나서 유화를 잘 그렸다. 그러나 그런 엄마의 재능을 진지하게 받아들인 사람은 아무도 없었고, 엄마 자신조차도 그러긴 마찬가지였다. 엄마는 여자는 원래 모든 면에서 한계가 있다는 생각을 하며 자랐고, 엄마에게 진정한 예술가와 창작자는 남자였다. 나는 그런 엄마를 이해한다. 내가 페미니즘을 가졌음에도 불구하고 나 역시 내 능력과 재능을 의심하곤 했기 때문이다.

내가 소설을 쓰기 시작한 건 거의 마흔이 되어서였다.

거의 금단의 땅을 침범한다는 느낌으로 그 일을 시작했다. 유명한 작가, 특히 라틴아메리카 문학의 '붐'을 이끈 작가들은 하나같이 남성 작가들이었기 때문이다. 판치타는 언젠가 내게 '손을 놓아 버리는' 게 두려웠다고 말한 적 있다. 그래서 복제화라도 그리기로 했다. 복제화를 그리는 건 아무런 위험도 없고, 누가 조롱하지도 않을 것이며, 허세 부린다며 비난할 사람도 없을 터였기 때문이다. 엄마는 그 일을 완벽하게 해냈다. 물론 더 열심히 그림을 그렸을 수도 있고, 그림 공부를 했을 수도 있지만, 엄마를 격려해주는 사람은 아무도 없었다. 엄마가 그린 '그림 쪼가리'는 괜한 호기심으로 한번 그려본 것들로 취급되었다.

나는 엄마가 그린 그림들을 한껏 칭찬했다. 엄마가 그린 그림 수십 개를 캘리포니아로 가져와 내 사무실 벽과 자택 벽은 물론 심지어 차고 벽에까지 걸어두었다.

엄마는 나를 위해 그림을 그렸다. 그리고 내가 결국 글쓰기를 최우선으로 두었던 것과는 달리, 엄마는 끝내 그림 그리기를 최우선으로 둘 용기를 내지 못했다. 그걸 두고두고 후회했던 것으로 알고 있다.

#54.

이제 평화를 이야기해보기로 하자. 전쟁은 마초이즘 표출의 극한이다. 모든 전쟁에서 희생되는 대부분의 희생자는 군인이 아니라 여자와 아이들이다. 14세에서 44세 여성의 주요 사망 원인 가운데서도 첫 번째로 꼽히는 원인은 바로 폭력이다. 폭력으로 인한 사망자 수는 암, 말라리아, 사고사를 합친 것보다 더 많다. 인신매매 희생자의 70퍼센트도 여성과 여아들이다. 한 마디로, 선전포고만 없었지 여성과의 전쟁이 벌어지고 있는 것이나 매한가지다. 그러니 우리 여성들이 우리 자신과 우리의 자녀들을 위해 그 무엇보다 평화를 간절히 원하는 건 당연한 일이다.

이미 세계적 문화의 한 부분이 되어버린 이브 엔슬러의 〈버자이너 모놀로그〉를 처음 보러 간 건 엄마와 함께였다. 우리는 둘 다 깊은 감동을 받았다. 엄마는 공연장을 나서면서 자신은 단 한 번도 자신의 성기에 대해 생각해본 적이 없으며, 거울로 비춰본 적은 더더구나 없다고 했다.

이브 엔슬러가 〈버자이너 모놀로그〉를 쓴 건 1996년이었다. 당시 '보지'라는 말은 여성들이 심지어 산부인과 의사 앞에서조차도 차마 언급하기 어려운 상스러운 말이었다. 이 작품은 전 세계 여러 나라 언어로 번역 출간되었으며, 오프브로드웨이와 각급 학교, 대학교에서 공연되었다. 거리와 광장에서도 공연되었을 뿐 아니라, 여성들이 기본적인 권리조차 갖지 못한 나라들에서는 지하실에서도 비밀리에 공연되었다. 이를 통해 모금된 수백만 달러는 여성을 보호하고 교육하며 리더십을 강화하는 프로그램에 쓰였다.

자신의 생부로부터 성폭행을 당했던 이브는 지구상에서 여성과 여아에 대해 행해지는 모든 폭력을 종식시키고자 하는 구상 '브이데이V-Day'를 설립했다. 그리고 브이데이는 콩고에서 기쁨의 도시 '시티 오브 조이City of Joy'를 만들어냈다. '시티 오브 조이'는 전쟁의 희생자들, 납치와 강간, 학대, 근친상간, 착취, 고문, 할례 등을 경험한 여성과 여아들, 질투나 복수심, 또는 여자를 그저 전쟁 통에 생겨난 부수적인 피해일 뿐이라고 치부하며 살해하려

드는 사람들로 인해 위험에 처하게 된 여성들과 여아들의 피난처
였다. 그곳에서 여자들은 서로를 치료하고, 다시 목소리를 내기
시작하며, 노래 부르고, 춤추고, 자신들의 이야기를 들려주고, 자
기 스스로와 다른 여성들을 믿고, 영혼을 치유하기 시작한다.

모두가 변모한 세상으로 돌아간다.

이브는 수십 년 간 상상하기조차 힘든 온갖 잔학 행위
를 목격했지만 용기는 꺾이지 않았다. 그녀는 한 세대가 저물기
전에 우리 손으로 이런 종류의 폭력을 종식시킬 수 있을 것이라고
믿는다.

#55.

강간은 전쟁에서 하나의 무기다. 침략군과 점령군, 무장 조직, 게릴라군, 종교를 포함한 다양한 유형의 군사 조직, 그리고 테러 조직과 무시무시한 중앙아메리카 무장 세력 같은 단체들로부터 가장 먼저 희생당하는 대상은 여성이다.

최근 몇 년 간 콩고 한 나라에서만도 여성 50만 명 이상이 강간을 당했다. 피해 여성들은 불과 몇 개월밖에 안 된 영아로부터 여든이 넘은 할머니에 이르기까지 전 연령층을 망라했다. 신체는 일부가 잘려 나가거나 구멍이 뚫리는 등 훼손되기도 했는데,

종종 상처가 수술이 불가할 만큼 심각한 경우도 있다.

강간은 이를 당한 여성들과 여아들의 몸과 삶을 파괴할 뿐 아니라, 그들이 속한 공동체의 조직 자체를 파괴해버린다. 그들에게 남은 상처도 너무나 깊은데, 이제는 남성까지 강간하기에 이르렀다. 이렇게 군대와 민병대는 민간인들의 의지와 영혼을 괴멸시켜버린다. 강간의 희생자들은 끔찍한 육체적, 정신적 트라우마에 시달리며, 평생을 더럽혀진 상태로 살게 된다. 때로 이들은 가족과 마을로부터 추방되거나 돌팔매를 맞고 죽기도 한다. 피해자에게 책임이 전가된 또 하나의 예가 아닐 수 없다.

여권 신장을 위한 최대 규모의 비영리 단체인 '세계여성기금'의 전 회장이자 '열린사회재단' 여성 권리 프로그램의 현 이사를 역임하고 있는 카비타 람다스는 전 세계의 비무장화를 주장하며, 이 목표는 오직 여성에 의해서만 달성될 수 있다고 했다. 여성은 무기라는 남성본위적 매력에 매혹되지도 않을뿐더러, 폭력을 고양하는 문화의 직접적 피해를 보는 당사자이기 때문이다.

전시에는 늘 그렇지만, 처벌이 전제되지 않은 폭력만큼 무서운 건 없다. 우리 여성들이 꿈꾸는 가장 야심찬 희망은 전쟁을 종식시키는 것이다. 그러나 전쟁 산업을 중심으로 너무나도 다양한 이해관계가 존재한다. 우리에게는 이 꿈을 이루어 평화 쪽으로 저울의 추를 이동시키고자 하는 사람들이 많이 필요하다.

군대 없는 세상, 군비가 공동선(善)에 사용되는 세상, 모든 갈등이 협상 테이블에서 해결되는 세상, 군인들의 임무는 질서를 유지하고 평화를 가져오는 것인 그런 세상을 상상해보라. 그런 세상이 오는 날, 호모 사피엔스는 마침내 한 걸음 도약해 콘텐투스 호모 수페리오르Contentus homo superior로 진화할 것이다.

#56.

경제적 자립 없이는 페미니즘도 없다. 그건 어린 시절 엄마의 상황에서 확실하게 보았다. 여성도 스스로 돈을 벌고, 그 돈을 관리해야 한다. 그리고 그러기 위해서는 교육과 훈련을 받아야 하고, 적절한 직장 환경과 가정 환경이 뒷받침 되어야 한다. 그런데 늘 그런 게 갖춰지는 건 아니다.

　　케냐 삼부루 족의 한 가이드 청년은 나에게 자신의 부친이 자신을 위해 아이들에게는 좋은 엄마가 되어주고, 가축도 잘 돌보며, 해야 할 집안일도 척척 해내는 신붓감을 찾고 있다고 했다.

아마도 미래엔 그 아내가 자신의 일을 나눠 할 다른 아내들을 몇 명 더 찾아달라고 그에게 부탁할 게 분명했다. 가이드 청년은 아내에게 또 다른 선택지가 주어진다면 가정과 공동체의 균형이 깨어지고 말 것이라는 설명도 덧붙였다. 그 청년이 전통을 지키기 위해서라며 내세운 이유들을 이해는 한다. 그 청년에게는 제법 그럴듯한 이유다. 하지만 장차 그의 아내가 될 여성, 그리고 추가로 아내가 될 마을 아가씨들과도 이야기를 나눠보고 싶다. 모르긴 해도 그 여성들은 자신들의 운명에 그다지 만족해하지 않을 것이다. 더욱이 교육이라도 받았더라면 그 운명 자체를 거부하고 전혀 다른 삶을 꿈꾸었을 것이다.

2015년에 전 세계 성인 문맹자의 3분의 2는 여성인 것으로 추산되었고, 학교를 다니지 못하는 아동의 대다수는 여자 어린이인 것으로 파악되었다. 여성은 같은 일을 하고도 남성에 비해 낮은 급여를 받고 있으며, 교사나 간병인 같이 전통적으로 여성의 영역이었던 직군은 급여가 낮고, 가사 노동은 아무런 가치도 인정받지 못하는 건 물론 대가도 전혀 지급받지 못한다. 요즘같이 여성도 밖에서 일을 하는 시대에는 이런 사실에 훨씬 더 화가 치민다. 어차피 외벌이로서 가족을 충분히 부양할 수 있는 남자가 별로 많지 않아서 바깥일을 같이 하는데, 파김치가 되어 퇴근하고도 아이들 뒷바라지를 하고, 저녁 식사 준비를 하고, 집안일을 하는 건 다 여자 몫이기 때문이다. 관습과 법이 바뀌어야 한다.

우리는 매우 불균형한 세상에 살고 있다. 이론적으로

보자면 어떤 곳에서는 여성들이 자기 결정권을 누리며 살고 있는데, 또 다른 곳에서는 남성과 그들의 요구, 욕망, 변덕에 종속된 삶을 살고 있다. 어떤 지역에서는 여성이 가까운 친척 남성과 함께가 아니면 집 밖으로 외출조차 할 수 없다. 그녀들은 목소리도 낼 수 없고, 자신과 자녀의 운명을 결정할 수 있는 결정권도 없다. 교육도 받을 수 없고, 적절한 의료 서비스의 혜택도 누릴 수 없으며, 수입도 없다. 그 어떤 형태로도 공중의 삶에 참여할 수 없는 건 물론, 심지어 언제, 누구와 결혼할지조차 스스로 정할 수 없다.

2019년 중반 무렵, 마침내 사우디아라비아에서도 열 살짜리 남자 아이만큼의 권리조차 갖지 못했던 여성들이 운전을 하고 집안 남자와 동행하지 않고서도 여행을 할 수 있게 되었다는 근사한 뉴스를 언론을 통해 접했다. 이는 왕실의 몇몇 여성이 더 이상은 사우디아라비아의 억압을 견딜 수 없다며 쥐도 새도 모르게 빠져나와 외국에 망명을 신청한 이후 이루어진 조치였다. 그러나 운전과 여행이 합법화된 지금도 여성들은 변화에 동의하지 않는 집안 남성들의 분노에 맞닥뜨려야 한다. 21세기 한가운데서 말이다!

내가 다섯 살 때부터 이미 페미니스트였다고 했는데 (정말 영광스러운 일이다), 그건 내가 그 즈음의 나를 기억하기 때문이 아니라 엄마가 그렇게 얘기해줬기 때문이다. 솔직히 다섯 살이라면 아직 이성의 힘에 기댈 때는 아니니, 감정적인 차원에서 페미니스트적 경향을 보였던가보다. 그 당시 이미 판치타는 기이한 숙명의 딸을 지켜보며 두려워하고 있었다. 내가 어린 시절 외할아버지 댁에 살았을 때, 집안 남자들은 돈도 있었고, 자동차도 있었고, 원하는 시간 아무 때나 집을 드나들 수 있는 자유도 있었다. 뿐만 아니라 저녁에는 뭘 먹을까 하는 시시콜콜한 것까지 포함해 모든 결정을 내릴 수 있는 권한도 있었다. 그런데 엄마에게는 그 어떤 것도 없었다. 그저 아버지와 큰오빠의 자비로움 덕에 먹고 살 뿐, 평판 유지를 위해 자유 같은 건 거의 누릴 수 없었다. 그런 사실을 내가 얼마나 인지했냐고? 그 때문에 고통 받을 정도로는 충분히 인지하고 있었다.

누군가에 의존하는 삶은 어린 시절에도 지금 느끼는 것만큼의 공포심을 불러일으켰다. 그래서 나는 고등학교를 졸업하자마자 나 스스로 내 밥벌이를 하고자 직업 전선에 뛰어들었다. 가능하면 엄마도 부양하고 싶었다. 할아버지는 늘 말했다. 돈을 내는 사람이 명령도 내리는 것이라고. 할아버지의 그 말이 내 초기 페미니즘 사상에 도입한 최초의 공리였다.

#57.

전에 여러 번 언급했기 때문에 잠시 내가 세운 재단에 대해 이야기하려고 한다. 우리 재단에서 하고 있는 일은 www.isabelallende.org에서 확인할 수 있다.

1994년에 나는 회고 소설 《파울라》를 출간했다. 독자들의 반응은 뜨거웠다. 집배원은 날마다 내 딸 이야기가 심금을 울렸다며 다양한 언어로 쓴 독자들의 편지 수십 통씩을 배달했다. 세상 사람 누구나 상실과 고통의 아픔을 겪을 수 있기에 독자들은 나의 고통에 감정을 이입했다. 상자들마다 독자들이 보낸 편지들이 산처럼 쌓여갔다. 어떤 편지들은 그 내용이 너무도 아름다워 이 년 뒤 다수의 유럽 출판사들이 서신 선집을 출간하기도 했다.

소설《파울라》로 거둬들인 수입은 내 돈이 아니라 내 딸의 돈이었다. 그래서 나는 별도의 계정을 만들어 그 통장에 수익금을 전부 넣은 뒤 내 딸 파울라라면 그 돈으로 뭘 했을지를 생각해보았다. 그리고 전에도 언급했던 오래 기억될 그 인디아 여행에서 돌아온 직후, 결심을 굳혔다. 그때 탄생한 게 바로 내가 세운 재단으로, 재단의 사명은 고위험 상황의 여성과 여아들이 힘을 가질 수 있도록 투자하는 것이었다. 그것은 또한 짧은 생을 살다 간 내 딸 파울라의 사명이기도 했기 때문이다. 그것은 현명한 결정이었다. 내 책들에서 나오는 수익금의 일부로 운영되는 이 재단 덕분에 내 딸 파울라는 지금도 세상을 돕고 있다. 그게 나에게 어떤 의미인지는 여러분도 충분히 짐작할 수 있을 것이다.

나는 내 소설에 등장시킬 강인하고 결단력 있는 여주인공을 굳이 창조해낼 필요가 없다. 나 자신이 늘 그런 여성들에 둘러싸여 있기 때문이다. 어떤 이들은 사지에서 도망쳐 나와 끔찍한 트라우마에 시달렸고, 모든 것을 다 잃고 심지어 자식까지 잃었지만, 그래도 앞으로 걸어나가고 있다. 그들은 단지 생존자일 뿐 아니라 조금씩 성장하는 사람들이다. 그들 중 일부는 자신이 속한 공동체의 지도자가 되기도 한다. 그들은 몸에 난 흉터와 영혼에 생긴 상처를 자랑스럽게 생각한다. 그들 자신이 회복력을 보여주는 증거이기 때문이다. 그들은 희생자로 취급되기를 거부한다. 그

185

들에게는 존엄과 용기가 있다. 그들은 두 다리로 일어서서 앞으로 나아가되, 사랑과 연민과 기쁨으로 세상을 살아갈 능력을 절대 잃지 않는다. 다소간의 공감과 연대로 그녀들은 상황에서 헤어나오고 번영을 구가한다.

때로 나는 낙심도 한다. 재단의 노고가 한낱 메마른 사막에 떨어지는 한 방울의 물방울에 불과한 건 아닐지 자문하기 때문이다. 할 일은 너무도 많은데 재원은 턱없이 부족한 게 아닐지! 그런데 이것은 유해한 질문이다. 자칫 타인의 고통을 모른 척하게 만들 수 있기 때문이다.

내가 이런 생각을 할 때면, 현재 재단을 운영하고 있는 내 며느리 로리는 이렇게 이야기한다. 재단이 쏟은 노력의 영향력을 측정할 때 범 우주적 규모로 할 것이 아니라, 사안별로 측정해야 한다고. 도저히 극복할 수 없을 것 같은 어려운 문제에 직면하더라도 어깨만 으쓱하면 안 된다. 행동해야 한다. 로리는 타인의 고통과 결핍을 덜어주는 것 외에 아무런 다른 목적을 갖지 않은 채 어려운 환경에서도 열심히 일하는 이타적이고 용감한 사람들 이야기를 한다. 그들은 솔선수범을 보여줌으로써 우리로 하여금 자신의 내면으로부터 무관심이라는 못된 악마를 몰아내주는 사람들이다.

58

재단은 출산권을 포함한 여성의 건강, 교육, 경제적 자립, 폭력과 착취로부터의 보호 등을 위해 노력한다. 2016년부터는 난민 문제, 특히 미국과 멕시코 국경 지역의 난민 문제에도 집중하고 있다. 그곳에는 중앙아메리카 지역의 폭력을 피해 도망쳐 나와 피난처를 필요로 하는 사람들이 무수히 몰려 있으며, 그 속에서 인도주의적 위기 상황이 발생하고 있기 때문이다. 그곳에서도 가장 크게 고통 받으며 심각한 위험에 처한 사람은 여성과 아동이다. 미국 정부는 다양한 제한 조치들은 발동함으로써 사실상 망명권을 무효화시킨 셈이다.

　　이민자 수용을 반대하는 측의 논점은, 그들이 사회복지 혜택을 받고 자국민의 일자리를 빼앗을 것이며 결과적으로 문화까지 변질시킬 거라는 것이다. 여기에서 문화의 변질이란 사실상 이민자들이 백인이 아님을 지적하는 완곡한 표현이다. 이러한 주장에도 불구하고, 지금까지 이민을 허용했을 때 이민자들이 미국 사회에서 받는 혜택보다는 기여한 바가 훨씬 크다는 게 검증된 바 있다.

　　물론 이민자와 난민은 다르다. 이민자들은 더 나은 삶을 위해 타지로 떠나는 것을 자신의 의사로 결정한다. 보통 노인들은 고향에 남고 젊고 건강한 사람들이 이민을 택한다. 그들은 최대한 단기간 내에 이민국에 적응하기 위해 노력하고, 미래를 꿈꾸며, 그곳에 뿌리내리고 정착하기를 원한다. 반면 난민들은 전쟁과 박해, 범죄, 극빈 상황 등으로부터 살아남기 위해 탈출한 사람들이다. 또한 그들은 친숙했던 모든 것들을 타의에 의해 버려두고, 그들을 고운 눈으로 보아주지 않을 게 분명한 낯선 타지에서 피난처를 찾는 절망적인 사람들이다. 2018년에 발생한 난민 7천만 명 중 절반은 여성과 아동이었고, 그 수치는 해마다 증가하고 있다.

　　난민들은 추억과 향수를 먹고 산다. 그들은 과거를 돌아보며 언제고 고향 땅으로 돌아갈 날을 꿈꾼다. 그러나 그들이 고향에서 멀리 떨어진 타지에서 난민으로 떠도는 평균 기간만도

대략 17년에서 25년 사이다. 더구나 상당수는 끝내 고향으로 돌아가지 못한다. 그들은 평생을 외지인으로 살아가게 될 것이다. 난민 위기는 전 지구적인 현상이며, 앞으로는 기후변화까지 겹쳐 삶의 터전을 뒤로하고 떠나는 난민의 무리가 더욱 많아질 것이다. 난민 문제는 장벽만 높이 쌓는다고 해결될 일이 아니다. 그보다는 그들이 고향 땅에서 도망쳐 나올 수밖에 없었던 원인들을 제거해 나가도록 지원하는 게 맞다.

당신이 알아야 할 것은,

바다가 육지보다 더 안전한 때가 아니라면,

그 누구도 자기 자식들을 배에 태우지 않을 거라는 것이다.

아무도 기차 바닥, 객차 밑에서 손을 데지도 않을 것이며,

아무도 트럭 짐칸에서 종이를 씹으며

밤낮을 보내지도 않을 것이다.

당신이 달려가는 그 멀고 먼 길이 단순한 여행길에 불과하다면.

그 누구도 담장 아래를 기어다니지 않을 것이고,

매질을 당하거나 동정받고 싶지도 않을 것이다.

난민캠프를 선택한 사람은 아무도 없다.

그 누구도 몸을 수색당하거나, 통증으로 온몸이 욱신거리거나,

감옥에 갇히기를 원치 않는다. 감옥이 화염에 휩싸인

도시보다 안전하지 않다면.

밤이면 보초가 감시하는 감옥일 망정

당신의 아버지를 닮은 남자들로 꽉 찬 트럭 속 보다는 낫다.

— 워산 샤이어, 《집》

#59.

세상에 긍정적인 영향을 미치기 위한 가장 효율적인 방법 중 하나는 여성에게 투자하는 것이다. 빈곤 지역의 경우, 어머니들은 소득의 전부를 가족을 위해 쓰는 반면, 아버지들은 소득의 3분의 1만 가족에게 쓴다. 다시 말해, 어머니들은 돈을 버는 대로 가족의 식비와 의료비, 자녀들 학비를 충당하는 반면, 아버지들은 자기 자신을 위해 돈을 쓴다는 것이다. 어디 가서 재미를 보느라 탕진하는 것일 수도 있고, 휴대폰이나 자전거 같은 평소 갖고 싶었던 물건을 사는 데 쓸 수도 있겠다.

나는 조금의 도움만 있어도 사람들이 큰일을 해낼 수 있다는 걸 배웠다. 여성이 자기 결정권을 갖고, 자력으로 소득을 올릴 수 있다면 가정의 상황은 개선될 수 있을 것이다. 각각의 가정이 번창하면 지역 사회가 발전하고, 더 나아가 국가가 발전할 것이다. 이런 식으로 빈곤의 악순환도 끊어낼 수 있다. 여성들이 종속적인 삶을 살아가는 그런 곳들이 가장 후진적인 사회다. 그러나 너무나도 자명한 이 사실을 각국 정부나 비영리 단체들은 종종 간과하고 지난다. 다행히 점점 더 많은 여성들이 정계에 진출하고, 여성 프로젝트 같은 박애주의 실천에 투입할 경제력을 갖게 되면서 조금씩 달라지고 있다.

#60.

여성들끼리는 연결되어야 한다. 미국의 페미니스트 시인 에이드
리언 리치는 "여성들 간의 연결은 그 어떤 연결보다 두렵고, 문제
적인 연결이자, 잠재적으로 세상을 가장 획기적으로 변화시킬 수
있는 힘이다"라고 했다. 이런 시각은 여성들이 결집했을 때 남성
들이 느끼게 되는 불편감이 어떤 것일지 잘 드러낸다. 남성들은
여성들이 서로 결탁하고 있다고 생각하는데, 더러는 그 말이 맞기
도 하다.

여성들끼리는 서로 연결되어야 한다. 창세 이래로 줄곧

여성들은 우물가, 부엌, 아기 요람, 논밭, 공장, 가정에 매여 있었지만, 이제 서로의 인생을 공유하고, 다른 사람들의 인생사를 듣고 싶어 한다. 세상에 여자들끼리 모여 나누는 수다만큼 재미있는 건 없다. 여자들의 수다는 거의 늘 내밀하고 사적이기 때문이다. 그런가 하면 다른 사람 뒷담화도 정말 재미있으므로 굳이 마다할 필요가 없다. 우리가 가장 두려워해야 할 일은 배제되고 고립되는 것이다. 혼자는 미약할 뿐이지만 뭉치면 얼마든지 피어날 수 있기 때문이다. 그러나 여전히 수백만 명의 여성들이 집안이라는 한정된 범주를 벗어나 이동할 수 있는 자유와 이동 수단도 없이 갇혀 지내고 있는 게 현실이다.

몇 해 전, 나는 로리와 함께 케냐에서 여자들만 사는 작은 마을에 가본 적이 있었다. 당시 받은 길 안내가 아주 모호하기 그지없었는데, 로리는 나에 비해 워낙 모험심이 많았던지라 나에게 모자를 푹 눌러 쓰고 수풀 사이로 구불구불하게 난 길을 따라가보자고 했다. 그런데 머잖아 오솔길이 끊어져버리자 우리는 그대로 수풀을 헤치고 한참을 더 걸어갔다. 나는 우리가 완전히 길을 잃었다고 생각했지만, 로리의 모토는 '모든 길은 로마로 통한다'였다. 결국 나는 금방이라도 울음을 터뜨릴 지경이 되었는데, 바로 그 때 어디선가 사람 소리가 들려왔다. 잘 들어보니 바닷가 파도 소리처럼 굽이져 들려오는 여자들의 노랫소리였다. 그 목소리를 나침반 삼아 따라가서 만난 것이 키비손 마을이었다.

우리가 도착한 곳은 숲속에 자리 잡은 한 공터였다. 그곳은 일종의 마당이었고, 주변으로 소박하게 지은 집 두 채와 음식도 조리하고, 식사도 하고, 수업도 하고, 바느질을 하거나 수공예품도 만들 수 있는 오두막도 한 채 있었다. 우리는 에스더 오디암보를 찾아나섰던 길이었다. 그녀는 원래 나이로비에서 직장 생활을 마무리한 뒤, 빅토리아 호수 인근의 고향 마을로 돌아가 은퇴 생활을 즐길 예정이었는데, 나이로비에서 끔찍한 비극을 목격하게 되었다. 남자들은 일자리를 찾아 이리저리 떠돌며 오가는 생활을 했고, 경제적 안정 같은 건 없었다. 매춘이 만연했고, 인구열 명 중 한 명은 에이즈에 감염되어 사망했다. 에이즈는 아버지와 어머니 세대를 이 땅에서 지워버려 할아버지 세대와 손자 세대만 남겨두었다. 남자들도 많이 죽었지만 여자들 역시 많이 죽었다.

에스더가 나이로비에 왔을 때만 해도 에이즈에 대한 자료도 별로 없었고, 감염 경로와 관련한 정보도 거의 없었다. 그저 치료조차 불가능한 원인 불명의 질병으로만 알려지고 있을 뿐이었다. 그녀는 사람들의 미신에 정면으로 맞서기로 하고, 사람들을 교육하고, 특히 가용 자산이라고는 전혀 없는 여성들을 돕기로 했다. 그리고 그 일에 자신의 전 재산을 쏟아부었다.

우리가 키비손 마을에 당도해보니, 아이들 몇이 뛰놀고 있었다. 다른 몇몇 아이들은 작은 칠판에 분필로 뭔가를 써가면서 숙제를 하거나, 나뭇가지로 마당에 숫자나 글자 쓰기 연습을 하고 있었다. 여자들도 몇 보였는데, 어떤 이들은 음식을 만들고 있었고, 또 어떤 이들은 빨래를 하고 있었으며, 일부는 마을 사람들 생계를 위해 시장에 내다 팔 수공예품을 만들고 있었다.

　　나와 로리는 영어로 자기소개를 했고, 에스더 오디암보가 통역을 맡아주었다. 우리가 외지인인데다 아주 먼 곳에서 왔다는 걸 알고는 여자들이 우리 주변으로 모여 들었다. 홍차와 아몬드를 내온 뒤, 우리들 주위로 둥그런 원을 그리며 앉아 각자의 이야기를 들려주었다. 일과 상실, 고통과 사랑으로 점철된 인생 이야기였다. 한 여성이 눈에 띄었는데, 한눈에도 나이가 꽤 많이 들어 보이는 여성이었다. 그런데 그녀 자신은 자기가 몇 살인지도 알지 못했고, 몇 개월 된 어린 아기에게 젖을 물리고 있었다. 우리가 무척 놀란 표정을 거두지 못하자 에스더가 여기서는 배를 곯는 어린 손자를 먹이려다보니 다시 젖이 도는 일도 더러 본다고 말해주었다. "저분은 대략 여든쯤 되셨을 거예요." 에스더가 덧붙였다.

　　어쩌면 약간의 과장이 섞여 있었는지는 모르겠지만…… . 나는 이 일화를 여러 번 사람들에게 들려주었는데, 아무도 믿는 사람이 없었다. 그런데 과테말라 아티틀란 호숫가 어느 작은 마을에서 나는 이와 유사한 광경을 다시 한 번 볼 수 있었다.

　　키비손 마을 여성들이 들려준 이야기는 하나같이 비극적이었다. 그런데 에이즈로 거의 온 가족을 잃은 여성들도 그리 슬퍼 보이지는 않았다. 이곳 여성들은 누가 무슨 말을 하든 깔깔거리고 웃어댔고, 서로 농담도 하고, 서로 놀려대기도 했으며, 심지어 나와 로리를 놀려대기까지 했다. 에스더 오디암보는 그 상황을 한 마디로 이렇게 정리했다.

"여자들은 모이면 행복한 법이랍니다."

해 질 무렵, 여자들은 노래로 우리와 작별을 고했다. 그곳 여자들은 노래를 무척 즐기는 것 같았다. 로리와 함께 경험했던 이 일은 벌써 여러 해 전의 일이므로 어쩌면 지금 쯤 키비손 마을은 더 이상 지구상에 존재하지 않을지도 모르겠다. 하지만 그곳에서 얻은 교훈만은 지금도 잘 기억하고 있다.

나는 어렵지 않게 키비손 마을에서 만난 여자들 같은 그런 여자들이 둥그렇게 둘러 앉아 있는 모습을 상상하곤 한다. 다양한 인종과 이데올로기와 연령대의 여자들이 모여 앉아 자신이 살아온 인생사와 투쟁, 희망을 이야기하고, 함께 울고 웃고 일하는 모습을 말이다. 여자들이 모인다면 얼마나 강력한 힘을 만들어낼 수 있을까! 수백만 명의 여성들이 서로 연결된다면 가부장제도 종식시킬 수 있을 것이다. 나쁘지 않을 것 같다. 여성의 에너지라는 이 막대하고 언제든 재생 가능한 자연 자원에 기회를 줘야한다.

#**61.**

1960년대에 피임약을 비롯한 다양한 피임 기구들이 대중화되면서 여성 해방의 범주도 더욱 확대되었다. 마침내 여성도 원하지 않는 임신에 대한 불안감 없이 온전한 성생활을 누릴 수 있게 된 것이다. 그 즈음 칠레 종교계와 마초이즘의 반발이 얼마나 강력했을지 상상도 할 수 없을 것이다! 그때만 해도 나는 가부장제의 종말은 더 이상 피할 수 없는 현상이라 생각했는데, 여전히 그럴 기미는 보이지 않는다. 지금까지 이미 우리는 많은 것을 이뤘지만, 아직도 할 일이 많다. 전쟁, 근본주의, 독재, 경제 위기, 각종 재난에

사랑하는 여자들에게

이르는 온갖 구실로 우리 여성의 인권은 짓밟히고 있다. 우리에게 정말로 인권이 있다면 말이다. 미국에서도, 그것도 새로운 밀레니엄이 열린 이 시대에, 여전히 낙태권뿐만 아니라 여성의 피임 기구 사용 문제는 뜨거운 논란의 주제가 되고 있다. 남성의 정관수술이나 콘돔 사용을 문제 삼는 사람은 하나도 없으면서 말이다.

우리 재단은 낙태를 포함한 임신 제어 프로그램과 관련 병원에 재정적 지원을 하고 있다. 내가 열여덟 살 때 임신한 열다섯 살 여중생을 도와준 경험이 있기 때문에 이 문제는 특히 마음에 와닿는다. 그 아이 본명을 밝힐 수는 없으므로 일단은 셀리나라고 부르기로 하자. 셀리나는 도저히 부모님께 임신 사실을 말씀드릴 수 없어서 나를 찾아왔다. 너무나 좌절한 나머지 자살을 생각하기도 했으니, 그만큼 그 아이에게는 심각한 문제였던 것이다. 칠레에서 낙태를 하면 법에 의거하여 엄벌에 처해졌지만, 실제로는 암암리에 널리 시행되고 있었고, 그건 지금도 마찬가지다. 다만 여건은 그때나 지금이나 매우 위험하리만치 열악하다.

셀리나의 문제를 해결해줄 수 있는 사람의 이름 석 자를 어떻게 입수할 수 있었는지는 잘 기억나지 않는다. 여하튼 우리는 버스를 갈아타면서 달려가 마침내 초라한 느낌의 어느 동네에 도착했다. 그리고 내가 종이에 끼적인 주소지를 찾아 다시 삼십여 분을 걸었다. 마침내 도착한 곳은 작은 아파트였다. 거리를 따라 붉은 벽돌로 된 건물 십여 동이 줄지어 서 있었는데, 해당 아파트는 그 건물 중 하나의 3층에 위치하고 있었다. 건물마다 발코니에는 빨래가 널려 있었고, 곳곳의 쓰레기통은 넘쳐난 쓰레기로 지저분했던 기억이 난다.

　　　문을 열어준 건 고단해 보이는 여자였다. 내가 이미 전화로 내 이름과 연락처 등을 알려주었기 때문에 우리를 기다리고 있었다. 여자는 거실에서 놀고 있던 사내아이 둘에게 얼른 방으로 들어가라고 소리쳤다. 꼬마 녀석들이 아무런 대꾸도 없이 방 안으로 들어가는 걸 보니, 이미 이런 상황에 익숙한 게 분명해 보였다. 부엌 어느 구석에 놓인 라디오에서는 뉴스와 광고가 번갈아 흘러나오고 있었다.

　　　여자는 셀리나에게 마지막 생리 일자를 물어보고는 계산을 하더니 탐탁한 표정을 지었다. 그러고는 신속하고 안전하게 끝낼 것이고, 약속한 금액이 있으니 마취도 할 것이라고 했다. 여자는 아마도 식사 시간에는 식탁으로 쓰는 것 같은, 그 집에 있는 유일한 테이블 위에 고무로 된 방수포를 깔고 베개를 올려놓더니 셀리나에게 팬티를 벗고 올라가 누우라고 했다. 그리고 잠시 셀리나를 살펴보더니 팔 정맥에 카테터를 삽입했다. "전직 간호사라서 많이 해봤어요." 설명이라도 해주듯 여자가 말했다. 그러더니 나더러는 친구가 의식이 없어질 정도까지만 마취제를 조금씩 주입하라고 시켰다. 물론 경고도 잊지 않았다. "조심해요. 너무 많이 주사하면 안 되니까."

　　　불과 몇 초 만에 셀리나의 의식은 거의 사라졌고, 15분도 지나지 않아 테이블 발치에 놓인 양동이에는 피 묻은 수건들이 잔뜩 쌓였다. 통상 이런 상황에서는 마취도 하지 않고 중절 수술이 행해지는데, 만일 그랬더라면 어땠을지는 상상조차 하고 싶지 않았다. 두 손이 어찌나 심하게 떨렸던지 마취제를 어떻게 주입했는지 나도 모르겠다. 여하튼 수술이 끝나자마자 나는 여자에게 허락을 받고 화장실로 달려가 뱃속의 것들을 다 토해버리고 말았다.

몇 분 후, 셀리나가 정신을 차리자 여자는 추스를 시간조차 주지 않은 채 우리를 내쫓듯이 내보내며 종이에 싼 알약 몇 개를 건넸다. "항생제예요. 열두 시간마다 한 알씩, 사흘간 복용하도록 해요. 혹시 열이 나거나 하혈이 너무 심하면 병원에 가야 해요. 뭐 별일 없겠지만. 내 솜씨가 보통이 아니거든요." 여자가 말했다. 그리고 마지막으로 자기 이름과 주소가 밖으로 새 나가면 절대 가만두지 않겠다는 경고도 잊지 않았다.

#62.

60년이나 지난 일이지만 난 그 일을 단 한 번도 잊은 적 없다. 내가 쓴 책들에서도 여러 번 언급한 바 있지만, 꿈에도 자주 나났다. 셀리나 때문이기도 하고, 또 그런 유사한 일을 겪는 수백만의 여성 때문이기도 하지만, 생식권을 옹호하는 내 입장은 매우 강경하다. 이미 많은 연구 결과에서 볼 수 있듯이, 낙태가 합법화되어 있고 적절한 조건 하에서 낙태 수술이 이루어지는 경우, 이것은 별로 충격적인 경험이 아닐 것이다. 그러나 그런 상황이 허락되지 않아 원치 않는 임신임에도 불구하고 결국 출산까지 가야

사랑하는 여자들에게

하는 여성들은 심각한 트라우마를 겪게 된다.

　　　나는 종교적인 이유나 또 다른 다양한 이유로 낙태에 반대하는 사람들을 존중한다. 그러나 그들과 동일한 관점을 공유하지 않는 다른 사람들에게도 같은 기준을 강요하는 것은 받아들일 수 없다. 낙태는 필요로 하는 누구라도 선택할 수 있어야 하는 하나의 선택지다.

　　　피임약은 무료로 제공되어야 하며, 생리를 막 시작한 어린 소녀에 이르는 모든 젊은 여성들이 언제든지 구할 수 있어야 한다. 이렇게만 된다면 원치 않는 임신은 현저히 줄어들 것이다. 그러나 실제로는 피임약이 고가이기도 하고, 더러는 의사의 처방전이 있어야만 구입 가능하다. 또한 건강 보험 적용 대상도 아니고, 몹시 불편한 부작용을 동반하기도 한다. 더욱이, 효과가 백퍼센트인 것도 아니다.

　　　가족계획의 무게는 고스란히 여성에게 돌아온다. 남자들은 콘돔 사용을 꺼리고, 결과는 생각지도 않고 사정을 해버린다. 그런데도 '부주의로' 임신을 하게 되면 모든 책임은 여자에게 돌린다. 스페인어 표현 중에는 '임신했다'는 뜻으로 'Se dejó preñar'라는 표현*이 있다. 이 말에는 여자가 임신을 허용했으니 그 결과에 대한 대가도 치러야 한다는 의미가 내포되어 있다. 낙태를 반대하는 사람들은 남자 없이는 임신이 불가능한 데도 불구

＊　　'임신이 되도록 내버려두었다'는 뜻.

하고 임신에 대한 책임을 남성에게 묻지 않는다. 뿐만 아니라 왜 여성이 임신 중절을 선택하는지, 그 여성들에게는 어떤 현실적이고 정서적인 이유가 존재하는지, 그리고 임신 시점에 그 여성들에게 자식이 갖는 의미가 무엇인지 같은 질문에 대해 진지한 성찰을 하지 않는다.

　　나는 운이 좋았다. 셀리나와 같은 경험도 하지 않았고, 아이를 둘 갖겠다는 가족계획도 세울 수 있었기 때문이다. 이를 위해 처음에는 피임약을 복용했고, 나중에는 자궁 내 피임 기구 삽입을 선택했다. 그러나 서른여덟 살에 이르러서는 더 이상 일상적인 피임법을 쓰는 게 좀 그래서 나팔관을 묶어버렸다. 그런데 처음에는 당연히 해야 할 결정을 한 것이라고 생각했는데, 나중에는 꽤 오래도록 후회했다. 한편으로는 수술이 꽤나 복잡했을뿐더러 심각한 감염 증세로 고생했고, 또 다른 한편으로는 마치 신체 불구자가 되어버린 듯한 느낌도 들었기 때문이다. 도대체 왜 내가 이런 일을 겪어야 했던 걸까? 정관절제술이 훨씬 간단한데 왜 남편이 수술하지 않은 걸까? 답은 이렇다. 나의 페미니즘으로는 아직 그런 요구를 할 정도에 이르지 못했던 것이다.

　　내 두 손녀는 아이를 갖지 않기로 했다. 일도 많고 이미 지구도 인구 과잉에 시달리고 있기 때문이라고 했다. 한편으로는 손녀들이 임신과 출산의 경험을 하지 못한다는 사실에 다소 아쉬웠다. 나에게는 임신과 출산이 경이로움 그 자체였기 때문이었다. 그러나 다른 한편으로는 두 젊은이에게 그런 선택권이 있어서 축하했다. 여하튼, 하나 남은 손자가 무럭무럭 자라나 언젠가 맘에 드는 짝을 데려오면 좋겠다. 그렇지 못했다가는 우리 가문의 대가 완전히 끊겨버릴 테니, 걱정이다.

#**63.**

수 세기에 걸쳐 여성들은 월경 주기, 낙태를 유도하는 각종 방법과 약초에 대한 지식을 쌓아왔기에 생식 능력에 대한 관리가 가능했다. 그러나 그 모든 지식은 뿌리째 뽑혀나가버렸다. 여성에 대한 평가가 절하된 결과, 남자들이 여성의 몸에 대한 통제권을 갖게 된 것이다.

여성의 몸에 대한 결정권을 갖는 주체는 누구인가? 여성이 낳을 수 있거나 갖고 싶은 자녀의 수를 결정하는 것은 누구인가? 실제로 임신을 온몸으로 경험해보지도 못하고, 분만이나

사랑하는 여자들에게

모성도 경험해보지 못한 정계와 종교계, 법조계의 남성들이 바로 그들이다. 만일 법과 종교와 관습이 여성들에게 물었던 바로 그 책임을 남성에게 물을 게 아니라면, 남성들은 이 문제에 대해 아무런 의견도 개진하지 말아야 한다. 남성과는 아무런 상관도 없는 문제인 것이다. 이 문제에 대해 개인적으로 결정을 내리는 사람은 여성 각자여야 한다. 자기 자신의 생식 능력을 제어하는 것은 기본적인 인간의 권리다.

나치 독일에서 낙태한 여성은 감옥에 갇혀 강제 임신을 당했으며, 낙태 시술을 한 자는 사형을 당했다. 여자들은 나치를 위해 아들을 낳아 바쳐야 했다. 아들을 여덟 낳은 여자는 황금메달을 상으로 받았다.

라틴아메리카의 많은 나라에서도 낙태 관련법은 매우 엄격하여, 자연 유산만 해도 유산을 유발했다는 죄목으로 기소되어 수년간 옥살이를 한다. 칠레에서는 2013년에 벨렌이라는 여덟 살 소녀가 의붓아버지한테 성폭행을 당해 임신하게 되었는데, 각종 시민단체가 압력을 가하고 국제사회에서 요란한 스캔들이 되었음에도 불구하고 끝내 낙태가 허용되지 않았다.

낙태한 사람에게 형벌을 가하면 안 된다. 즉 처벌하지 말아야 한다. 이것은 낙태의 합법화와는 좀 다른 얘기다. 법을 적용하는 주체는 가부장제이며, 낙태를 합법화해도 모든 권한은 판사와 경찰, 정치인을 비롯한 숱한 남성들의 조직이 갖기 때문이다. 같은 맥락에서 하나 더 첨언하자면, 같은 이유로 성매매 여성들도 매춘의 합법화를 원치 않는 것이다. 합법화 대신 처벌하지 말라는 것이다.

이 문제와 관련하여 유명한 일화가 하나 있다. 스티브 킹 미 하원의원은 강간이나 근친상간의 경우에 조차도 낙태를 허용해서는 안 된다는 낙태 금지법을 발의하면서, 그 이유를 든다며 이런 말을 했다. "온 세상의 가계도를 점검해서 강간이나 근친상간으로 태어난 종자들을 솎아내면 어찌 되겠습니까? 아마도 세상에 남아날 사람이 하나도 없을 겁니다. 세계 각국에서 전쟁이 벌어지고 강간과 겁탈 등이 자행되는 것을 고려해볼 때, 나조차도 강간의 열매가 아니라고 장담할 수가 없습니다." 한 마디로, 강간과 근친상간은 자연적이고 정상적인 무엇이라는 것이다. 공화당 소속 의원 84명이 이 법안에 서명했다.

또 다른 미국의 하원의원 토드 아킨은 여성의 신체에는 임신 방지를 위한 자체적인 차단 시스템이 내제되어 있기 때문에, 강간으로 인해 임신이 되는 건 매우 드문 일이라고 주장했다. 아킨 의원에 따르면, 여성의 자궁은 신기하게도 '합법적인 강간(?)'과 그렇지 않은 다른 형태의 섹스를 구분할 줄 안다. 이 천재적인 의원은 미국 과학우주기술 위원회 소속이다.

미국에서는 매년 강간으로 인한 임신 건수가 3만 2천 건씩 보고되고 있다.

#64.

여성은 자신의 삶과 출산을 스스로 통제할 수 있기를 원하지만 가정 폭력에 시달리거나 학대자의 손에 운명이 달려 있는 경우, 이는 불가능하다. 오래 전, 그러니까 1960년대 말과 1970년대 초, 내가 칠레에서 기자 생활을 할 때 극빈자들과 판자와 골판지를 이어 붙인 집에 사는 사람들, 실업한 남자들, 알콜 중독자들, 자식을 떠맡은 여성들, 빈곤과 학대와 착취의 희생자들을 취재하는 일을 맡게 되었다. 그 취재 중에 볼 수 있었던 가장 흔한 장면은 잔뜩 술에 취했거나 그냥 화풀이 대상이 필요한 남자가 아내나 자식들을 두들겨 패는 모습이었다. 이때 경찰은 개입하지 않았다. 한편으로 자기들도 집에 가면 똑같은 짓을 하기 때문에 심드렁해서이기도 했고, 또 다른 한편으론 영장도 없이 가택에 침입할 수 없기 때문이기도 했다. 상황이 이러자 이웃 여성들은 합의를 이루고 어느 집에서 여자나 아이들의 비명 소리가 들리기라도 하면 곧바로 손에 프라이팬과 국자를 들고 달려가 행패를 부리는 자에게 받아 마땅한 몰매를 주었다. 매우 효율적이고 신속한 시스템이 아닐 수 없었다.

부끄럽지만 나는 칠레가 그때에나 지금이나 여전히 세계에서 가정 폭력이 가장 빈번히 발생하는 나라 중 하나임을 인정한다. 다만, 칠레에서는 다른 나라에 비해 가정 폭력 신고율이 높아 대부분이 통계에 잡히기 때문일 수는 있다. 가정 폭력은 사회 전 영역에서 발생하는데, 상류층에서는 이를 숨기기도 한다. 더러 신체적 학대는 없을 수 있지만 심리적 학대와 정서적 학대 역시 크나큰 상처를 줄 수 있다.

#65.

여성 세 명 중 한 명은 외모와 나이에 상관없이 살면서 어떤 식으로든 신체적 학대나 성적 학대를 경험한다. 2019년에 젊은 칠레 여성 그룹 멤버 네 명이 공동 작곡한 노래를 기억해보자. 그 노래는 전 세계로 퍼져나가 페미니스트의 찬가가 되었고, 많은 나라 언어로 번역되어 거리와 광장에서 눈을 가린 수천 명의 여성들에 의해 불렸다. 거칠기로 악명 높은 칠레 경찰은 이 여성 그룹 '라스 테시스'를 기관에 대한 위협과 공권력에 대한 공격, 증오와 폭력 선동 혐의로 법정에 세운 바 있다. 이 사건은 여성 작곡가들에 대한 지지 표명이라는 국제적 반향을 불러일으켰다.

그들이 만든 몇 줄 안 되는 노랫말 속에는 모든 여성이 경험하거나 두려워하는 것이 고스란히 담겨 있다.

가부장제는 우리의 탄생에 대해 판단을 내리는 재판관이며,

우리가 받는 징벌은 당신이 보지 못한 폭력이다.

그것은 페미사이드.

나를 살해한 자는 처벌받지 않는다.

그것은 실종.

그것은 강간.

내가 어느 곳에 있었건, 내가 어떤 옷차림을 했었건,

내 탓이 아니다.

강간범은 당신이었으니까.

ㅡ라스테시스, 〈그대 인생길의 강간범〉

#66.

이 땅에는 이미 수천 년 전부터 여성에 대한 폭력이 존재해왔으므로 우리 여성들은 무의식 중에 위험한 상황을 회피하게 되고, 그러다보니 많은 제약이 따른다. 남자들은 별 생각 없이 하는 많은 일들, 밤길을 걷거나 술집에 들어가거나 도로 위에서 하는 히치하이킹이 우리 여성들에게는 경고등을 울릴 일이다. 과연 위험을 무릅쓰고 그런 일을 해야 할 필요가 있는 걸까?

칠레에는 가정 폭력이 너무 만연해서 역사상 최초의 여성 대통령으로 선출된 미첼 바첼렛 대통령은 교육과 훈련, 정보

공유, 쉼터 제공, 보호법 제정 등을 통한 가정 폭력 퇴치를 정부 최우선 과제로 선정했다. 또한 피임 기구를 무료로 손쉽게 제공받도록 했다. 그러나 그녀 역시 낙태를 처벌하지 않는 법안을 국회에서 통과시키는 데에는 실패했다.

　　이 영웅적인 여성의 일대기는 소설과도 같다. 바첼렛 전 대통령은 한 인터뷰에서도 밝혔다시피, 도움을 필요로 하는 사람들을 도울 수 있는 구체적인 길이라는 생각에 의대에 진학했고, 소아과 전문의가 되었다. 1973년 군사 쿠데타 발발 초기에, 그녀의 선친 알베르토 바첼렛 장군은 당시의 민주 정권 축출에 가담하기를 거부했다는 이유로 동료 군인들에 의해 체포되었다가 고문받던 끝에 1974년 3월 심장마비로 사망했다.

　　미첼과 그녀의 모친 역시 정치 경찰에 체포되어 현재는 당시의 잔학 행위를 고발하는 박물관으로 변신한, 악명 높은 비야 그리말디 수용소에 수감되어 고문을 당했다. 다행히 그녀는 구조되어 호주로 망명했고, 후에 다시 동독으로 망명했다. 그리고 수년 후, 마침내 칠레로 돌아올 수 있게 된 그녀는 못다했던 의학 공부를 마무리했다. 그때부터 다양한 직책을 수행해오다가 1990년에 민주주의가 회복되자 정치인으로 첫발을 내디뎠다.

　　보건부 장관직을 수행할 때 미첼은 14세 이상 여성과 청소년용으로 성교 직후 임신 방지를 위해 복용 가능한 '경구용 사후 피임약'의 사용을 승인했다. 칠레에서는 가톨릭교회와 우파 정당이 권력을 장악하고 있었고 낙태도 불법이었으므로, 당시 미첼 장관의 조치는 엄청난 반발을 불러일으켰다. 물론 그 덕분에 존경과 인기도 얻었다.

2017년, 칠레 의회는 산모 사망이라는 즉각적 위험, 자궁 외 임신, 강간과 같은 세 가지 사유로 인한 낙태를 허용했다. 이에 따라 일반 여성은 임신 초기 12주 이내, 14세 이하 산모의 경우에는 14주 이내에 낙태가 가능해졌다. 그러나 이 경우에도 실제 낙태까지에는 여전히 많은 제한 조건들이 있어서, 사실상 낙태 허용을 요구하는 상당수 여성들을 달래기 위한 일종의 유화적 제스처에 불과해 보인다. 이 때문에 대규모 시위들이 벌어졌는데, 많은 여성들이 자신의 몸의 주인은 여성 자신임을 강조하는 차원에서 가슴을 그대로 드러내고 행진하곤 했다.

2002년, 미첼은 라틴아메리카 대륙 전체를 통틀어 최초의 여성 국방장관이 되었다. 전 세계를 대상으로 하더라도 몇 안 되는 여성 국방장관이었다. 그녀에게는 군과 독재정권의 희생자 간의 화해를 성사시키고 향후 다시는 군이 민주주의 전복 시도를 하지 않겠다는 약속을 받아내야 하는 중차대한 과제가 주어졌다.

그녀가 어떻게 지난날의 트라우마를 극복하고, 장장 17년 동안이나 조국 땅에서 공포정치를 펼쳤을 뿐만 아니라 자신의 아버지를 살해하고 어머니와 자기 자신을 고문하고 해외로 추방했던 조직을 이해할 수 있었는지 상상이 되지 않는다. 그녀는 자신을 고문했던 고문전문가 중 한 명과 같은 건물에 살았고, 자주 엘리베이터에서 부딪쳤다고 한다. 국민적 화해의 필요성에 대해 그녀에게 질문했을 때, 그녀는 그것은 각자의 문제이며, 그 누구도 압제에 시달렸던 사람들에게 용서를 강요할 수 없다고 대답했다. 다만, 국가는 과거라는 무거운 짐을 짊어진 채로라도 미래로 나아가야 한다는 말도 덧붙였다.

나는 다시 그 거리를 찾으리라.

피에 젖은 산티아고의 거리를.

그리고 해방된 아름다운 광장에서 발걸음을 멈추고,

이제는 부재한 사람들을 위해 눈물 흘리리라.

— 폴 밀란스, 〈나는 다시 그 거리를 찾으리라〉

#67.

어쩌면 바그다드의 칼리프는 우리 여성들이 가장 원하는 게 다름 아닌 사랑이라는 걸 알고 싶었던 것인지도 모른다. 우리 여성의 뇌 속에는 일종의 종양 같은 기이한 뭔가가 들어 있어 우리를 사랑하게 만든다. 우리는 사랑 없이는 살 수가 없다. 사랑이 있기에 자식과 남편을 참고 견딘다. 우리는 거의 종이라도 된 양 자기 자신을 희생한다. 똑같은 개인주의와 이기주의라도 남성에게는 장점으로 작용하고 여성에게는 결점으로 간주된다는 사실을 아는가? 우리 여성들은 자식과 배우자와 부모를 비롯한 자기 자신을 제외한 다른 모든 사람들을 위해 스스로를 뒷전으로 미루곤 한다. 사랑 때문에 져주고 희생하며, 그것이 가장 고귀한 가치라고 여기는 것이다. 수많은 연속극에서 볼 수 있듯이 사랑으로 인해 힘난한 고난을 겪으면 겪을수록 우리는 더욱 숭고한 존재가 되는 것이다. 우리의 문화는 사랑을 가장 숭고한 가치로 고양시키고, 우리 여성들은 자발적으로 그 달콤한 함정 속으로 빠져든다. 이게 다 우리 뇌 속에 들어 있는 그 종양 탓이다. 나 역시 이 점에서는 예외가 아닐 뿐더러, 내 머릿속 종양은 가장 고약한 악성 종양에 속한다.

모성애 얘기는 하지 않겠다. 그건 감히 건드릴 수도 없는 주제이며, 함부로 우스갯소리처럼 얘기했다가는 큰코다칠 게 뻔하기 때문이다. 한번은 아들 니콜라스에게 애들을 낳느니 차라리 개를 한 마리 키우는 게 어떻겠냐고 했다가 두고두고 핀잔을 들은 경험이 있다. 니콜라스는 결국 스물두 살에 결혼했고, 결혼 후 다섯 해가 지나는 동안 아이를 셋이나 나았다. 아들이지만 니콜라스는 모성 본능이 놀랍게 발달한 아이다. 내 입장에서는 손자들도 나쁠 것 없지만, 강아지도 참 좋다.

어머니들의 강박적 사랑을 비난할 생각은 없다. 그 사랑이야 말로 박쥐에서부터 첨단 과학을 하는 기술자에 이르는 다양한 종이 지금까지 생존할 수 있었던 유일한 이유이기 때문이다. 또한 자연에 대한 사랑, 하나님이나 다른 유사한 종류의 신을 향한 사랑에 대해서도 언급하지 않을 생각이다. 지금 내가 쓰고 있는 이 글은 편하게 풀어놓는 가벼운 수다이지 고품격 학술논문과는 거리가 멀기 때문이다.

대신 로맨틱한 사랑 이야기를 해보자. 로맨틱한 사랑은 사람들의 집단적 환상으로 어느덧 또 하나의 소비재가 되어버렸다. 로맨스 산업은 중독을 불러일으킨다는 측면에서 마약 밀매업의 경쟁 상대다. 로맨스는 각각의 개별 여성에 따라 서로 다른 얼굴을 갖는 것 같다. 모든 여성이 미남 영화배우에 집착하지는 않는다는 말이다. 예컨대 동화 속 공주처럼 개구리와 사랑에 빠지는 나 같은 사람도 있기 때문이다. 내 경우, 내 먹잇감이 좋은 향기를 풍기고, 자기 치아를 유지하고 있고, 담배만 피우지 않는다면 외모는 별로 중요하지 않다. 대신 실제로 갖춘 사람 찾기가 쉽지 않은 까다로운 조건이 있다. 따뜻한 성품과 유머 감각, 선한 마음씨, 나를 참아내는 인내심, 그리고 지금 바로는 떠오르지 않는 몇 가지 미덕을 갖춰야 한다는 것이다. 다행히 지금 내가 사랑하는 남자는 이 모든 것들을 넘치도록 가지고 있다.

#68.

이제 약속한 대로 로저 이야기를 할 시간이다. 할아버지가 세운 엄격한 학교에서 나는 잊지 못할 교훈들을 배웠는데, 그것들은 참으로 유익했고, 그것들이 지금의 내 성품을 만들었고, 가장 힘겨운 순간에도 내가 앞으로 나아갈 수 있도록 도와주었다. 하지만 동시에 배우자와의 관계에는 부정적인 영향을 미쳤다. 누구에게도 의지하지 않으려 했기 때문이다. 나는 자족적인 사람으로, 나 자신의 독립을 옹호한다. 남에게 주는 건 어렵지 않은데 남에게 뭔가를 받는 일은 영 쉽지 않다. 갚을 수 없는 호의는 절대로 받아들이지 않으며, 누가 나한테 선물하는 것도 싫어서 생일 축하 선물조차도 허용하지 않는다. 나에게 가장 힘든 일 중 하나는 나의 취약함을 인정하는 것이었다. 그런데 지금은 그게 한결 쉬워졌다. 새로운 사랑 덕분이다. 부디 이 사랑이 내 마지막 사랑이기를 진심으로 바란다.

2016년 5월의 어느 날이었다. 뉴욕에 사는 로저라는 사별한 변호사가 맨해튼에서 보스톤으로 가기 위해 운전하던 중 라디오에서 흘러나오는 내 목소리를 들었다. 그 남자는 내가 쓴 작품을 두 권 읽은 독자였기 때문인지, 후에 내 사무실로 편지를 보낸 걸 보면 그날 라디오 프로그램에서 내가 했던 어떤 말이 그의 주의를 끌었던 것 같다. 나는 답장을 보냈고, 그는 그날 이후 다섯 달 동안 하루도 빠짐없이 아침저녁으로 내게 편지를 보내왔다. 보통은 남성 독자건 여성 독자건, 독자가 편지를 보내오면 나는 첫 번째 편지에만 답을 하곤 했다. 내게 편지를 보내는 수백 명의 독자들과 수시로 편지를 주고받았다가는 내가 도무지 살 수가 없을 것이기 때문이었다. 그런데 그 뉴욕 홀아비는 어찌나 끈덕지게 편지를 보내오던지, 감동하지 않을 수 없었고, 그래서 결국 우리는 편지를 이어가게 되었다.

당시 내 비서였던 찬드라는 사냥개 같은 예리한 후각을 가진 추리소설 마니아였다. 그녀는 정체불명의 그 홀아비에 대해 알아보려고 가능한 범위 내에서 최대한 뒤를 캐보았다. 어찌 알겠는가? 알고보니 사이코패스일지. 그런데 누군가의 사생활에 대해 파헤치려 들면 알아낼 수 있는 정보가 차고 넘치게 많다는 게 정말 신기하다. 찬드라가 나에게 제출한 완벽한 보고서가 그 증거다. 그녀의 보고서 속에는 그 남자의 자동차 번호와 다섯 손자 이름까지 모조리 담겨 있었다. 몇 년 전 아내와 사별, 스카스데일 저택에 혼자 거주, 매일 기차로 맨해튼으로 출근, 사무실 위치는 파크 애비뉴 등등.

"이상한 사람은 아닌 것 같지만, 절대로 아무나 믿으시면 안 돼요. 까딱하다가는 브랜다의 영국인 건축가 꼴 날 수 있어요." 찬드라가 경고했다.

10월에 학회 차 뉴욕에 갈 일이 생겼고, 마침내 그곳에서 로저를 만나게 되었다. 나는 그가 자신이 이메일에서 소개했던, 그리고 찬드라가 알아냈던 그대로의 사람임을 확인할 수 있었다. 한 마디로 투명한 사람이었다. 나는 그가 마음에 들었지만, 그렇다고 해서 마흔 다섯에 윌리를 만났을 때와 같은 주체할 수 없는 욕망의 번득임 같은 걸 느낀 건 아니었다. 이게 바로 내가 앞서 말한 내용, 즉 호르몬이 모든 것을 결정한다는 사실을 확인시켜주는 것이다. 그는 나를 저녁 식사에 초대했고, 식사를 시작한 지 삼십 분쯤 되었을 때 나는 느닷없이 그에게 도대체 의도가 뭐냐고 물었다. 내 나이에는 낭비할 시간이 없었기 때문이다. 그는 막 삼키려던 라비올리가 목에 걸려버릴 것 같았지만 냅다 도망치지는 않았다. 나 같으면 그가 내가 한 것처럼 그렇게 나를 급습했다면 당장이라도 내빼버렸을 거다.

사랑하는 여자들에게

우리는 그렇게 내가 다시 캘리포니아로 돌아가기 전까지 사흘을 함께 지냈다. 사흘이란 시간은 로저가 절대로 나를 놓치지 않으리라는 결심을 하기에 충분한 시간이었다. 그는 나를 태우고 공항으로 가는 차 안에서 내게 청혼했고, 나는 그에게 고귀하고 성숙하고 여성에게서 기대할 수 있는 바로 그 대답을 해주었다.

"결혼, 그거야 뭐 할 수도 있죠. 하지만, 혹시 캘리포니아에 자주 올 수 있다면 일단 연애부터 해보는 게 어때요?"

가엾은 로저……. 그가 무슨 대답을 할 수 있었겠는가? 좋지요, 좋아요.

그 후 우린 정말로 여러 달을 연인으로 지냈다. 그러다가 매 주말마다 여섯 시간 씩 비행기를 타고 달려와 만나는 일이 너무 고되다고 생각될 무렵, 로저는 가구와 집기와 온갖 기념품들이 빼곡히 들어찬 저택을 팔고, 가지고 있던 모든 것들을 지인들에게 선물한 뒤 자전거 두 대와 옷가지 몇 벌만 달랑 들고 캘리포니아로 이사 왔다. 그 몇 벌 안 되는 옷가지조차도 이미 유행이 지난 것들이라 머잖아 내가 다 바꿔주었지만 말이다.

"내겐 이제 아무것도 없어요. 이게 안 통하면, 나 이제 다리 밑에서 자야 할지도 몰라요."

그가 걱정스러운 표정으로 내게 말했다.

#69.

일 년하고도 칠 개월 동안, 우리는 강아지 두 마리를 키우며 자그마한 내 집에서 함께 사는 테스트 기간을 거쳤다. 우리는 서로 조금씩 양보했다. 나는 어질러놓는 그의 습성을 인정했고, 그는 내 권위적인 영혼과 과도할 정도의 면밀함, 열 일 제쳐두는 글쓰기에 대한 집착 등을 받아들였다. 또 우리는 사이좋은 커플이 함께 출수 있는 섬세한 춤도 배웠다. 덕분에 우리는 플로어에서 서로의 발등을 밟지 않고도 춤을 출 수 있게 되었다. 마침내 그 테스트 기간이 지날 무렵, 우리는 서로가 서로를 참아낼 수 있을 거라는 확

사랑하는 여자들에게

신을 갖게 되었고, 결국 결혼했다. 로저는 매우 전통적인 사고방식의 소유자였기 때문에 결혼도 하지 않은 채 남녀가 함께 사는 건 죄악이라는 생각에 늘 걱정했기 때문이다.

결혼식은 우리 두 사람의 자녀와 손자들만 참석하는 조촐한 결혼식이었다. 모두들 우리의 결합을 반겼다. 우리가 결혼하면 할 수 있을 때까지는 서로가 서로를 돌봐줄 것이므로 자식들이 우리를 돌보지 않아도 된다는 걸 의미했기 때문이다.

엄마가 살아계셨더라면 아마도 기뻐하셨을 것이다. 돌아가시기 며칠 전까지도 딸이 혼자 늙어가는 게 싫다며 로저와 결혼하라고 말했기 때문이다. 나는 엄마에게 난 늙지도 않았고 혼자도 아니라고 대답하면서, 오히려 이렇게 반문했다.

"캘리포니아에서 나를 기다리고 있는 완벽한 애인이 있는데, 불완전한 남편이 왜 필요해요?"

엄마는 이렇게 답했다. "애인이야 얼마나 갈지 모르지만, 남편은 잡은 물고기잖니."

#70.

좀 부끄러운 일이지만, 이 새로운 사랑을 만난 뒤 나는 전 같으면 전혀 어렵지 않게 해치웠을 몇 가지 일들을 이 남자에게 의지하게 되었다. 자동차 주유나 전구 갈아 끼우는 일 등이 그것이다. 로저는 브롱크스에서 폴란드인 부모님 사이에서 태어났다. 농부처럼 부지런했고 성품이 훌륭했다. 내가 세상을 살아가면서 어려운 문제에 부딪힐 때면 내가 무안하지 않도록 배려하며 도움을 준다. 엄마 말을 듣고 그와 결혼한 건 정말 잘한 일인 것 같다. 한마디로 월척을 낚은 셈이다. 부디 그가 변하지 않기를 바란다.

사랑하는 여자들에게

한번은 아들 니콜라스가 로저에게 엄마를 처음 봤을 때 어떤 느낌이었느냐고 묻자, 그는 얼굴을 붉히며 이렇게 대답했다.

"꼭 십 대로 돌아간 느낌이었지. 지금도 나는 매일 아침마다 서커스 구경 가는 날 잔뜩 들떠 있는 어린애 같은 마음으로 잠에서 깨어나."

모든 것은 상대적이기 마련이다. 나한테는 요즘이 내 평생 가장 평온한 시기일 뿐 멜로드라마 같은 요소라고는 전혀 없다. 그런데 나와는 달리 로저에게는 나와 함께 보내는 일상이 흥분의 연속이라서 한 시도 지루할 틈이 없어 보인다.

그는 원래 권태감을 느끼지 못하는 사람일 수도 있다.

그럼 처음 로저를 만났을 때 나는 어떤 느낌을 가졌을까? 호기심과 가슴 두근거림이었다. 그런데 예전 같으면 그런 것들이 나를 경솔하게 행동하도록 했지만, 이제는 나 스스로에게 천천히, 조심스럽게 움직여야 한다고 경고한다. 물론 나는 그런 경고 같은 거엔 신경 쓰지 않는다. 내 이론과 적용은 단 한 가지다. 우선 삶을 향해 '좋아'라고 대답한다. 그리고 그 후 어찌 되는지는 살아가면서 알아갈 뿐이다.

결론은, 나 같은 사람에게 애인이 생겼으니, 동반자를 원하는 다른 노년의 여성들에게도 얼마든지 희망이 있다는 것이다.

한 세기를 살아본 뒤

열일곱 살로 되돌아가는 것은

대단한 지성이 아님에도 불구하고

암호를 해독해내는 것과 같다.

별안간

어린 소녀처럼 연약해지고,

하나님 앞에 나선 꼬맹이처럼

애틋해지는 것,

그게 바로 이 풍요로운 순간에

내가 갖는 느낌이다.

— 비올레타 파라,〈열일곱 살로 되돌아가는 것〉

#71.

젊은이들은 종종 내게 내 나이에 하는 사랑은 어떤 것인지 묻곤
한다. 아마도 내가 누군가를 사랑하게 된 것도 모자라 그런 이야
기를 마구 해대는 게 놀라운 모양이다. 답을 하자면, 비올레타 파
라의 시처럼 열일곱 살에 느꼈던 사랑과 다를 바가 없다. 다만 조
급함만이 더할 뿐이다. 로저와 나 두 사람 모두에게 앞으로 남은
시간이 그리 많지 않기 때문이다.

　　세월은 까치발을 한 채 슬그머니 우리를 비웃으며 흘러
간다. 그러다가 어느 날 갑자기 거울 뒤에서 튀어나와 우리를 기

겁하게 만들고, 더러는 등짝을 가격하기도 한다. 그러니 일분일초를 소중히 해야 한다. 오해, 조바심, 질투, 속 좁은 행동 등 두 사람의 관계에 상처를 입힐 수 있는 쓸데없는 감정들로 시간을 허비해서는 안 된다.

사실 이 공식은 어느 연령대에라도 적용 가능하다. 젊어서건 늙어서건 시간은 유한하기 때문이다. 내가 이 진리를 조금만 더 일찍 깨달았더라면 이혼을 두 번 하지 않았을 것이다.

#72.

레베카 솔닛은 자신의 저서 《남자들은 자꾸 나를 가르치려 든다》에서 이런 말을 한다.

"페미니즘은 이 세상에 존재하는 다양한 문화, 사실상 거의 모든 문화와 무수히 많은 기관들, 지구상의 거의 모든 가정, 모든 것이 시작되고 마무리되는 우리 인간의 정신 속에 깊이 뿌리박힌 채 만연된, 아주 오래된 뭔가를 바꾸려는 노력이다. 불과 사오십 년 만에 이토록 많은 것이 바뀌었다는 건 정말 놀라운 일이다. 모든 것이 항구적으로, 다시는 돌이킬 수 없게 확정적으로 바뀌지 않았다고 해서 그것이 우리가 실패했음을 의미하지는 않는다."

문명의 토대를 이루고 있는 시스템을 해체하는 일은 매우 어려운 일이기도 하고 시간도 많이 걸리는 일이다. 그러나 조금씩 우리는 그 일을 이뤄내고 있다. 그리고 그 시스템을 대체할 새로운 질서를 만들어내는 복잡하고 매혹적인 작업 역시 긴 시간을 요한다. 우리는 이 보 전진과 일 보 후퇴를 반복한다. 발이 걸려 넘어지기도 하지만 다시 일어서기도 하고, 실수를 범하는가 하면 덧없는 승리를 축하하기도 한다. 끔찍한 환멸의 순간도 있지만, 운동이나 전 세계 각지에서 있었던 대규모 여성 행진에서 보여준 엄청난 추진의 순간도 있다. 우리가 미래 비전을 공유하고 모두가 힘을 합쳐 그 비전을 이루고자 한다면 우리를 막을 수 있는 것은 아무것도 없다.

가부장제라는 것은 태곳적부터 늘 존재해온 것도 아니고, 우리 인간 DNA에 내재된 특성도 아니다. 그저 문화가 만들어낸 제도다. 지금으로부터 약 5천 년 전, 메소포타미아에서 문자가 발명된 이래로 우리 인류가 지구상에 존재해왔다는 문자 기록이 남게 되었지만, 호모 사피엔스가 이 땅에 존재한 건 20만 년 전부터였으니 비교할 게 못 된다. 역사는 남자들의 기록이며, 그들의 편의에 따라 많은 내용들이 부각되기도 하고 누락되기도 한다. 인류의 절반을 차지하는 여성은 공식 역사에서 무시되고 있다.

그렇다면 여성해방운동이 일기 전에는 과연 누가 마초

사랑하는 여자들에게

이즘의 아성에 도전장을 내밀었을까? 인종 차별, 식민, 착취, 자원의 소유와 배분, 기타 가부장제의 표출 등에 대한 문제 제기는 늘 있어왔다. 그러나 여성문제는 논의의 대상에 포함되지 못했다. 젠더의 구분은 생물학적으로 결정되거나 신이 점지해주는 것으로 간주되었으며, 권력은 자연스럽게 남성들에게만 주어졌다. 그러나 태고로부터 늘 그래왔던 건 아니다. 남성들이 모든 것을 지배하기 이전에는 다른 형태의 조직이 존재했던 것이다. 지금부터는 그것을 확인해보거나 상상해보기로 하자.

#73.

내 생각엔 내가 죽기 전에 심오한 변화를 목격할 수 있을 것 같다.
요즘 젊은이들은 우리들만큼이나 이 문제에 대해 고민하고 있고,
우리의 동맹이기 때문이다. 그들은 서두른다. 청년들은 지금의 경
제 모델, 체계적으로 진행되는 환경 파괴, 부패한 정부, 사람들을
가르고 폭력을 야기하는 차별과 불평등에 신물이 났다. 그들이 물
려받게 될 세상, 그들이 이어나가야 할 세상은 참담하기만 하다.
더 나은 세상에의 비전이 활동가들, 예술가들, 과학자들, 환경 운
동가들, 그리고 십중팔구는 퇴행적이고 남성 본위인 기성 종교기

사랑하는 여자들에게

관에 어떤 식으로도 예속되지 않은 일부 독립 영성 단체 등등 사이에서 공유되고 있다. 남성 동지들이여, 여성 동지들이여! 우리에게는 앞으로 해야 할 일이 너무나 많다. 우리의 터전을 정갈하게 하고 정돈해야 한다.

무엇보다 먼저, 남성의 가치 그리고 단점만 부각시키고 인류의 절반인 여성을 짓눌러온, 천 년을 이어온 가부장제 문화를 종식시켜야 한다. 종교와 법률로부터 학문과 관습에 이르는 모든 것에 의문을 제기해야 한다. 우리의 분노가 이 문화를 지탱해온 근간을 산산이 부숴버릴 수 있도록 진심으로 분노하자. 여성 최고의 미덕으로 꼽히는 순종의 미덕은 우리의 가장 큰 적이며, 남성에게만 유익할 뿐 우리 여성에게는 아무런 쓸모가 없다.

젖먹이 때부터 우리에게 주입되어온 남성에 대한 존중과 복종과 두려움은 우리에게 너무 큰 상처를 주어 심지어 우리가 가진 힘을 자각조차 하지 못하게 만들었다. 우리 여성이 가진 힘은 어마어마하다. 그리고 바로 그 때문에 어떤 수를 써서라도, 심지어 최악의 방법인 폭력을 동원해서라도 그 힘을 무력화하는 것이 가부장제의 최우선적 목표가 된 것이다. 그들이 동원한 방법은 상당히 효과적이어서, 많은 경우 가부장제의 가장 든든한 지원 세력이 바로 여성인 경우까지 생기는 것이다.

활동가 모나 엘타하위는 모든 강연의 첫마디를 "가부장제를 깨부숴버립시다!"로 시작한다. 그녀는 우리가 도전하고, 불복하고, 기존의 룰을 깨뜨려야 한다고 주장한다. 다른 방법은 없다. 물론 우리에게는 도전을 두려워할 수만 가지 이유가 있다. 너무나 두려워 입을 다물어버리게 되는 온갖 것들이 많지만, 다 생략하고라도 인신매매와 구타, 강간, 고문, 살해당하는 여성의 수를 보면 두렵지 않을 수 없다. 더구나 여성이 죽임을 당했는데도 가해자가 아무런 처벌도 받지 않는 경우가 전 세계적으로 부지기수다. 도전하고, 불복하고, 기존의 룰을 깨뜨리는 일은 어머니와 할머니가 떠안아야 하는 책임을 아직 지지 않은 젊은 여성들의 몫이다. 우리의 어머니와 할머니들은 이미 종족 번식의 시기를 지나왔기 때문이다.

'남성'의 또 다른 이름인 '서글픈 이 세상'을 운영해나가는데 이젠 여성도 참여할 시간이 도래했다. 더러 권력을 쥔 여성들을 보면 남성처럼 행동하는 것을 보게 된다. 그것만이 권력을 공유하고 행사할 수 있는 유일한 길이기 때문이다. 그러나 힘과 리더십을 행사할 수 있는 지위에 오른 여성의 숫자가 충분해진다면 저울추를 보다 공정하고 공평한 문명 쪽으로 기울일 수 있다.

이미 40여 년 전에 저명한 활동가이자 뉴욕 주 하원의원이었던 벨라 앱저그는 이 모든 것을 한 문장에 담아낸 바 있다.

"21세기에는 권력이 여성의 본질을 변화시키는 대신, 여성이 권력의 본질을 변화시킬 것이다."

#74.

딸 파울라가 스무살 쯤 되었을 때 이런 일이 있었다. 한번은 나에게 이미 유행이 지나서 별로 멋져 보이지 않으니 어디 가서 페미니즘 얘기는 하지도 말라고 했다. 페미니즘 해방운동이 많은 성과를 거둔 탓에 80년대에는 벌써 반동의 움직임이 감지되었던 것이다. 그날 우리는 전례 없는 긴긴 토론을 이어갔고, 나는 딸에게 페미니즘 역시 여느 혁명과 마찬가지로 유기적인 현상이며, 지속적인 검토와 수정의 대상이라는 사실을 열심히 설명했다.

파울라는 월계관을 쓴 채 엄마 세대와 할머니 세대가

벌인 투쟁의 혜택을 누리며 사는 특권층 젊은 세대에 속했다. 그들은 이미 모든 일이 완수되었다고 생각했다. 나는 딸에게 아직 대부분의 여성들은 그 혜택을 누리지 못하고 있으며, 체념한 채 주어진 운명을 받아들이고 있을 뿐이라고 말했다. 엄마가 그랬듯이 그 여성들도 원래 세상이 그런 거고 달라지지 않을 거라고 믿었다. "어떤 이유인지는 모르겠지만, 혹시 '페미니즘'이란 이름이 맘에 들지 않는다면 다른 좋은 이름을 찾아보렴. 이름은 중요하지 않으니까. 정말 중요한 건 너 자신과 이 세상의 행동을 필요로 하는 숱한 자매들을 위해 일하는 거야." 파울라는 별 다른 대답 없이 천장을 올려다보며 한숨만 내쉬었다.

남자들은 어찌나 영악한지 페미니스트를 수염 난 히스테릭한 마녀로 그려냈다. 당시의 파울라처럼 혼기에 들어선 젊은 여성들이 장래 배필감의 간담을 서늘케 할 그 이름에 기겁한 건 당연한 일이었다.

여기서 한 가지 분명히 짚고 넘어갈 일은, 파울라도 대학을 졸업하고 사회생활을 시작하면서 열렬히 페미니즘 사상을 받아들였다는 점이다. 아마도 내 모유 수유 덕분이었을 것이다. 파울라에게 남자친구가 생겼는데, 그 친구는 시칠리아 태생의 매력적인 청년이었다. 그는 파울라가 결혼하고 아이도 여섯은 낳아 키워야 하니 그 전에 파스타 요리를 배우기를 바랐다. 파울라가 심리학을 공부하는 것도 나중에 자녀 양육이 도움이 될 거라는 판단에 흡족해했다. 그러다가 파울라가 인간의 성(性)을 전공하겠다고 하는 바람에 헤어지고 말았다. 그 청년은 자기 여자 친구가 다른 남성의 남근이 어떻네, 오르가즘이 어떻네 하는 것을 견딜 수 없었던 것이다. 가엾은 청년……. 그 친구를 탓할 생각은 없다.

그 딸이 몇 해 전 세상을 떠났다. 지금도 나는 여전히 매일 밤 잠들기 전과 매일 아침 눈을 뜨자마자 그 아이를 생각한다. 딸아, 정말 보고 싶구나! 오늘날 젊고 도전적이며 유머 감각과 창의성까지 갖춘 페미니스트들의 새로운 파도가 몰려오고 있다는 걸 알게 된다면 정말 좋아했을 거다.

#75.

지금이 나에게는 너무나도 행복한 시기다. 행복은 기쁨이나 즐거움처럼 그렇게 신이 나지도, 떠들썩하지도 않다. 그것은 고요하고, 차분하며, 부드러운, 나 자신을 사랑하는 데서 시작되는 내적 풍요의 상태이다. 나는 자유롭다. 그 무엇도 그 누구도 시험해 볼 필요 없고, 자식과 손자들도 다 커서 제 앞가림을 하므로 굳이 매여 있을 필요도 없다. 할아버지 말마따나 나는 내 할 일을 다 했다. 아니, 기대했던 것보다 훨씬 더 많은 일을 해냈다.

개중에는 미래를 위해 계획을 세우고 심지어는 이력 관

리를 하는 사람도 있지만, 전에도 말했다시피 나는 그렇지 않다. 어려서부터 유일하게 품어온 계획이 있다면, 자력으로 홀로서기 하는 것이었고, 끝내 해내고 말았다. 그렇지만 나머지 내 삶의 여정은 항상 오리무중이었다. 존 레논은 "인생이란 다른 계획을 세우느라 바쁜 사이에 벌어지는 모든 일들이다"라고 했다. 다시 말해, 인생은 지도 없이 걸어가는 길이며, 되돌아갈 수 없는 길이다. 나는 나를 버리고 떠나버린 아버지, 칠레의 군사 쿠데타, 망명, 딸의 죽음,《영혼의 집》의 대 성공, 세 의붓자식의 마약 중독, 두 번의 이혼 같은, 내 운명이나 내 인격을 결정짓는 삶 속의 거대한 사건들을 통제할 수 없었다. 물론 혹자는 이혼 문제는 내가 제어할 수도 있었지 않느냐고 반문할 수 있겠지만, 결혼생활의 성패는 두 사람 모두에 달려 있기 마련이다.

노년은 나에게 소중한 선물이다. 나의 두뇌는 여전히 작동하고 있다. 나는 내 두뇌가 맘에 든다. 지금 나는 한결 홀가분해진 느낌이다. 불안과 가당찮은 욕망, 공연한 열등감과 고민할 가치조차 없는 마음을 짓누르는 죄의식 등으로부터 해방되었다. 앞으로도 놓아줄 것이고, 놓을 것이다……. 진작에 그렇게 했어야 했다.

인간은 왔다가 가는 존재이며, 제아무리 가까운 가족일지라도 언젠가는 헤어질 수밖에 없다. 그것이 사람이건 사물이건, 움켜잡아봐야 소용없다. 우주 속 만물은 응집이 아닌, 분리와 무질서와 엔트로피를 지향하기 때문이다. 나는 물질을 최소화하고 휴식 시간을 최대화 하는, 걱정은 덜고 재미는 더하는, 일 약속은 줄이고 진짜 친구들과의 만남은 늘리는, 떠들썩함은 감소시키고 고요를 확대하는 단순한 삶을 선택했다.

솔직히 내 책들이 성공을 거두지 못했더라도 과연 앞서 말한 이 모든 것들을 내가 이룰 수 있었을지 잘 모르겠다. 어마어 마한 대다수의 노령 인구들이 겪고 있는 경제적 불안정이란 고충 에서 나를 구원해낸 건 바로 책이 거둔 성공이었기 때문이다. 원 하는 삶을 사는 데 필요한 재원이 있는 덕분에 나는 지금의 이 자 유를 누리는 것이다. 그거야말로 특권이다.

매일 아침, 잠에서 깰 때면, 나는 우선 파울라와 판치타 와 내 주변의 모든 영혼들에게 인사를 건넨다. 그리고 아직 방안 에 어둠과 적막이 감돌고 있을 때 여전히 희미한 잠결을 헤매고 있는 내 영혼을 불러낸 뒤, 내가 가진 모든 것, 특히 사랑과 건강 과 글쓰기에 감사의 인사를 보낸다. 또한 나는 지금 내가 갖고 있 고 앞으로도 계속 이어갈 충만하고 열정적인 삶에도 감사한다. 아 직은 내 충만하고 열정적인 삶을 비추는 횃불을 포기하고 싶지 않다. 앞으로도 그런 일은 없기를 기원한다. 더 나아가 내 손에 든 횃불로 내 딸들과 손녀들의 횃불에도 불을 붙여주고 싶다. 우리가 우리의 어머니들과 할머니들로 인해 살았듯이 그 아이들은 우리 로 인해 살 것이며, 우리가 미처 마무리하지 못한 일을 이어받을 것이다.

사랑하는 여자들에게

내가 지금 이 글을 쓰고 있는 시점은 2020년 3월이다. 코로나 사태로 로저와 함께 꼼짝없이 집에 갇혀 지내는 중이다. 이런 회상록을 쓰기보다는 가르시아 마르케스에게서 영감을 받아《코로나 시대의 사랑》을 썼어야 하는 건데. 우리 나이에 로저나 내가 코로나에 걸리기라도 한다면 아마도 상황이 녹록하지 않을 것이다. 그렇지만 불평할 수는 없다. 최일선에서 코로나 바이러스와 사투를 벌이고 있는 이 시대의 영웅들에 비하면 우리는 천 배는 더 안전한 상황이고, 다음 지시가 있을 때까지 집 밖으로는 꼼짝도 할 수 없는 대다수 사람들에 비하면 훨씬 편하게 지내고 있으니까. 독거노인들이나 병자들, 노숙자들, 홀로 방치된 채 근근이 생계를 이어가고 있는 사람들, 비위생적인 좁다란 집에 바글바글 모여 사는 사람들, 난민 수용소에 수용된 사람들, 가진 것 하나 없이 이런 위급한 사태에 처한 사람들을 생각하면 마음이 아프다.

로저와 나는 운이 좋았다. 강아지들이 재롱을 떨면서 함께 있으니 지루할 틈도 없다. 로저는 부엌 식탁에서 컴퓨터로 재택근무 중이고, 나는 2층 서재에서 조용히 글을 쓴다. 그러다가 시간이 남으면 독서를 하기도 하고 함께 텔레비전에서 영화를 보기도 한다. 아직 이곳에서는 다른 사람들과 2미터의 거리 두기만 유지하면 바깥에서 산책도 할 수 있다. 정신 건강에 큰 도움이 된다. 어찌 보면 이거야말로 너무 바빠서 엄두도 내지 못했던 신혼여행인 셈이다.

솔직히 털어놓자면, 팬데믹 제한 조치에도 불구하고 우리는 가끔 저녁 식사에 사람들을 초대하곤 했다. 로저가 줌으로 워싱턴과 보스턴에 사는 자녀들과 손자들을 초대하는 것이다. 세 집 식구들이 각자 자기 집에서 같은 음식을 준비한 뒤, 줌에서 모여 식사도 하고 각자 손에 든 와인을 마시며 얘기도 나눈다. 내가 초대한 손님들은 내 인생을 함께해준 마음씨 좋은 영혼들과 몇몇 작품 속 주인공들이다. 그렇게 엘리사 서머스도 나를 만나러 왔었다. 엘리사는 더 이상 황금 열풍이 몰아친 거친 땅을 찾아간 사랑에 빠진 소녀가 아니라 남편의 유골 가루가 담긴 작은 주머니를 목에 걸고 다니는 강인하고 지혜로운 노령의 여인이 되어 있었다. 우리는 지금 내가 쓰고 있는 이 책에 대해 이야기를 나누었고, 나는 지난 한 세기 반동안 우리 여성들이 얼마나 많은 발전을 이루어냈는지를 들려주었다. 엘리사가 내 말을 믿었는지는 알 수 없지만 말이다.

로저와 나는 벌써 몇주 째 이 기이한 은거 생활을 하고 있다. 지금까지는 별문제 없이 잘 지내고 있다. 하지만 이런 생활이 길어진다면 우리 두 사람 모두 서로를 참아줄 수 있는 인내심과 애정과 도리를 잃고 말 것이다. 강압적 공존, 너무 밀착된 공존은 사람을 화나게 한다. 세계에서 처음으로 격리 조치를 취한 중국에서는 최근 수십만 쌍의 부부가 이혼 신청을 했다는 얘기도 있다.

이런 정도의 전 지구적 대규모 재앙은 지금까지 없었던 것 같다. 극단적 상황에서 사람들은 최선의 모습과 최악의 모습을 드러내고, 이런 상황에서 영웅과 악당이 등장한다. 또한 민족적 기질도 이때 발현된다. 이탈리아에서는 사람들이 발코니로 나가 오페라 아리아를 부르며 기분을 전환하는가 하면, 또 다른 어떤 곳에서는 사람들이 총기를 구매하는 게 그 예다. 내 나라 칠레에서는 초콜릿과 와인, 콘돔 판매가 급증했다는 얘길 들었다.

우리가 지금까지 알고 있던 세상이 불과 얼마 되지도 않는 짧은 시간에 이렇게 달라질 줄 상상이나 할 수 있었겠는가? 사회적 관계는 멈춰 서버렸고, 축구 경기로부터 익명의 알코올중

독자들 회합에 이르는 온갖 모임도 금지되었으며, 초중고교와 대학교, 식당, 카페, 서점, 상점, 모든 곳이 폐쇄되었다. 여행은 두말할 필요도 없다. 수백만이 일자리를 잃었다. 공포에 휩싸인 사람들은 식품과 생활용품을 사재기한다. 제일 먼저 바닥을 드러낸 건 화장지였다. 왜 화장지였는지는 솔직히 나도 잘 모르겠다. 은행에 저축해두었던 돈을 인출해 침대 매트리스 아래에 숨기는 사람들도 생긴다. 주식은 폭락했다. 지속불가능한 소비 경제가 마침내 진실의 순간을 맞이하게 된 것이다. 텅 빈 거리와 적막감이 감도는 도시, 겁에 질려버린 국가를 보면서 우리들 상당수는 문명이라는 것에 의문을 제기하게 된다.

그러나 나쁜 소식만 있는 건 아니다. 공해가 감소되었고, 베네치아 운하를 흐르는 물은 수정처럼 맑아졌다. 베이징의 하늘도 다시 푸른색을 되찾았고, 뉴욕 마천루 사이사이로는 새들의 노랫소리가 울려 퍼진다. 가족과 친구들, 직장동료들, 이웃들은 최대한 서로 연락하며 도움을 주고받는다. 어정쩡하게 연애만 하던 연인들은 다시 만나기가 무섭게 살림을 합칠 계획을 세운다. 진실로 중요한 건 사랑이라는 사실을 새삼 깨닫고 있는 것이다.

비관론자들은 지금의 상황을 공상과학소설 속에나 나올법한 디스토피아라고 말한다. 뿔뿔이 흩어진 사람들이 야만적인 집단을 형성하고 서로가 서로를 물어뜯는, 코맥 매카시의 처절한 소설 《더 로드》에 등장하는 그런 세상 말이다. 한편, 현실주의자들은 인류 역사에 있었던 다양한 대재앙들이 그랬듯이 이 또한 지나갈 것이라며, 다만 대재앙의 결과를 수습하는 데에는 오랜 시간이 걸릴 것이라고 주장한다. 그러나 우리 같은 낙관론자들은 이번 일을 앞으로 나아가야 할 방향을 새롭게 설정하는 데 필요한 한바탕 흔들기, 심오한 변화를 만들어낼 수 있는 단 한 번의 기회로 여긴다. 이 사태는 보건의 위기에서 시작되었지만 이건 단순한 보건상의 위기에 그치지 않는다. 정부의 위기, 리더십의 위기, 인간관계의 위기, 지구라는 이 땅을 살아가는 삶의 가치와 방식이 맞닥뜨린 위기이기 때문이다. 우리는 더 이상 무절제한 물질주의와 탐욕, 폭력을 근간으로 하는 이 문명을 지속할 수 없다.

　　　이제 잠시 숙고의 시간을 가져보기로 하자. 우리가 원하는 세상은 어떤 세상인가? 이 질문이야말로 이 시대의 가장 핵심적인 화두이며, 의식 있는 남녀 모두가 스스로에게 던져야 할 질문이며, 옛이야기 속 바그다드의 칼리프가 도둑에게 물었어야 하는 질문이다.

　　　우리가 원하는 세상은 아름다운 세상이다. 단순히 오감을 만족시키는 그런 아름다움이 아니라 열린 마음과 맑은 생각으로 느낄 수 있는 그런 아름다움이 가득한 세상 말이다. 우리는 모든 폭력으로부터 보호받는 평화로운 지구를 원한다. 우리는 사람 사이의 상호존중, 다른 종과 자연에 대한 존중에 입각한 지속 가능하고 균형 잡힌 문명을 원한다. 우리는 성별, 인종, 계급, 나이 등 우리를 갈라놓는 각종 구분에서 비롯된 차별이 존재하지 않는, 포괄적이고 평등한 문명을 원한다. 우리는 평화와 공감, 품위,

진리, 연민이 충만한 친근한 세상을 원한다. 그리고 무엇보다 행복한 세상을 원한다. 그것이 우리 착한 마녀들이 추구하는 세상이다. 우리가 꿈꾸는 세상은 환상이 아니다. 그것은 우리 모든 여성이 함께 완성해낼 수 있는 계획이다.

코로나 사태가 종식되고 나면 지금의 답답한 굴을 벗어나 조심스럽게 뉴노멀 속으로 첫발을 내딛게 될 것이다. 그때면 우리는 제일 먼저 거리거리마다에서 서로를 부둥켜안을 것이다. 얼마나 사람이 그리웠던지! 이제 우리는 그 만남 하나하나를 축하할 것이고, 서로의 가슴속 응어리들을 살뜰하게 보살필 것이다.

감사의 말씀

우리 재단을 위해 열정적으로 헌신해준 로리 바라와 새라 힐스하임에게 고마움을 전한다.

내 에이전트인 루이스 미겔 팔로마레스와 마리벨 루케, 요한나 카스티요에게도 감사한다. 그들 덕분에 페미니즘에 대한 글을 써봐야겠다는 생각을 떠올리게 되었다.

플라사 이 하네스 출판사와 밸런타인 북스 출판사에서 각각 내 작품의 편집을 맡아준 편집자 누리아 테이, 다비드 트리아스, 제니퍼 허쉬에게도 감사의 마음을 전한다.

전 세계 여성이 처한 실상에 대해 많은 지식을 공유해준 우리 재단의 멘토 카비타 람다스와 젊은 페미니스트들에 대해 내게 가르침을 준 라우라 팔로마레스, 내 작품의 영어 번역판 편집을 맡아준 로렌 쿠드버트에게도 감사한다.

그리고 날마다 재단을 통해 만나게 되는 수많은 여성

영웅들에게 진심으로 감사드린다. 그들이 들려준 이야기들이 있었기에 이 책이 태어났다.

끝으로, 젊은 시절의 나를 키워주고 지금도 내 삶의 길잡이가 되고 있는 모든 페미니스트들에게 고개 숙여 감사드린다.

옮긴이 후기

돌이켜 생각해보면 내 삶의 많은 시기에서 내가 '여성'이라는 사
실은 매우 중요한 의미를 가져왔던 게 분명하다. 내가 겪어서 기
억하는 것은 아니지만, 전해 들은 바에 따르면, 내가 딸로 태어
났을 때 조부모님께서는 나의 이름을 후에 아들을 낳을 터를 닦
는다는 의미의 한자를 가져와 붙이라고 하셨단다. 그러고 보면
당시 여자로 태어난 내가 갖는 의미는 깃털만큼이나 가벼웠던
것 같다. 그런 이름을 평생 갖고 살았다면 꽤나 슬펐을 것 같다.
다행히 나는 그런 이름을 갖지 않았고, 꽤나 씩씩한 인생을 살아
왔다. 나와 내 옆에 있는 남성들이 늘 같은 무게를 가지고 있다는
데 손톱만큼의 의심도 없었으니까. 그렇게 결혼을 하고, 딸, 그리
고 또 딸을 낳았다. 두 번째 딸을 낳았을 때 주변의 반응을 통해
소중한 내 딸의 의미 역시 깃털처럼 가벼워지고 있다는 걸 깨달
았다. 한 세대의 시간은 한 계절만큼의 깊이도 무게감도 없었다.

이사벨 아옌데는 초등학교도 가기 전에 절로 페미니스트가 되어 있었다는데, 어쩌면 나는 이 무렵에 '여성'에 대해 그 어느 때보다도 아픈 고민을 시작했던 것 같다.

물론 이사벨 아옌데가 경험했던 여성으로서의 기쁨, 환희의 순간을 나 역시 경험했다. 출산과 아이와의 첫 만남의 순간은 단순한 기쁨, 환희라는 단어로는 표현하기 어려운 거대한 감정이니 말이다. 그럼에도 불구하고 기묘한 것은, 행복했던 시간보다는 불행했던 시간에 대한 기억들이 더 또렷하고 더 깊게 내 안에 새겨져 있다는 것이다. 어쩌면 이 기억이 꽤나 오랜 시간 동안 여자로 태어난 나 자신을 '불행한 인간'이라고 생각하게 했고, 무기력감에 사로잡히게 했던 것 같다.

아주 오래 전, 전혀 다른 느낌과 색깔의 《영혼의 집》과 《아프로디테》를 읽으면서 이사벨 아옌데라는 작가와 꼭 한 번 이야기를 나눠보고 싶다는 생각을 했다. 그녀에게서는 오렌지 껍질을 까기 위해 엄지손가락을 과육 속으로 푹 찔러 넣을 때 톡톡 튀겨 나오는 과즙 방울의 느낌과 향기가 풍겼다. 그리고 《사랑하는 여자들》의 마지막 장을 덮고 난 지금, 나는 이사벨 아옌데 할머니(이런 호칭이 괜찮다면)와 긴긴 수다를 마치고 일어선 느낌이다. 이미 호르몬의 변화로 세상의 반을 차지하고 있는 남자들은 더 이상 내게 매력적인 수컷이 아닌 둘도 없는 친구로 보인다. 또한 깃털만큼이나 가볍게 느껴지던 내 무게감은 육중해진 엉덩이 무게만큼이나 묵직한 중량감으로 뒤바뀌어버렸다. 오히려 지금 나는 '여성'이 아닌 '나이 든 여성'으로서의 불안감, 비애감에 시달린다. 그것들의 시커멓고 커다란 아가리가 언제 나를 삼켜버릴지 모르기 때문이다. 그리고 그 불안한 순간에 여전히 오렌지 향을 풍기는 이사벨 할머니와 만나게 되었다. 그녀는 주눅 들고 움츠러든 나의 어깨를 토닥였고, 그녀와의 즐거운 수다는 나의 '나이'와 '여성'에 오렌지 속을 가득 채운 상큼한 비타민을 전해주었다. 어쩌면 지금부터 꽤나 오랜 시간 동안 나는 '나이 든 여성'으로서의 갖가지 행복을 신나게 찾아다닐 것 같다. 그 첫 번째 도전은 이사벨 아옌데 작가가 함께 식사하고 싶다고 했던 바로 그 '엘리사 서머스'와의 데이트다. 치열한 경쟁사회에서 살아남기 위해 독서마저 포기해야 하는 청년들에 비해, 읽고 싶은 책을 마음껏 읽을 여유가 있는 '나이 든 여성'의 호사를 누려보기 위해서다.

수억을 들여 워런 버핏과 식사를 하며 투자의 귀재가 되기 위한 한 걸음을 내디딜 수는 없지만, 책 한 권으로 아사벨 아옌데와 수다를 나누며 내 삶의 의미를 더했으니, 꽤나 잘 한 투자다.

무더위 속에서 이사벨 아옌데 할머니와 즐거운 수다를 함께해주신 시공사 편집부 여러분께 깊이 감사드린다.

스스로 투자 잘했다고 만족스럽게 주판알을 튕기며,
옮긴이 김수진

사랑하는 여자들에게

초판 1쇄 인쇄일 2023년 7월 17일
초판 1쇄 발행일 2023년 7월 27일

지은이 이사벨 아옌데
옮긴이 김수진

발행인 윤호권
사업총괄 정유한

편집 구민준 **디자인** 최초아 **마케팅** 정재영, 김솔희
발행처 ㈜시공사 **주소** 서울시 성동구 상원1길 22, 6-8층(우편번호 04779)
대표전화 02-3486-6877 **팩스(주문)** 02-585-1755
홈페이지 www.sigongsa.com / www.sigongjunior.com

글 ⓒ 이사벨 아옌데, 2023

ISBN 979-11-6925-996-5 03870

*시공사는 시공간을 넘는 무한한 콘텐츠 세상을 만듭니다.
*시공사는 더 나은 내일을 함께 만들 여러분의 소중한 의견을 기다립니다.
*잘못 만들어진 책은 구입하신 곳에서 바꾸어 드립니다.

WEPUB 원스톱 출판 투고 플랫폼 '위펍' _wepub.kr
위펍은 다양한 콘텐츠 발굴과 확장의 기회를 높여주는
시공사의 출판IP 투고·매칭 플랫폼입니다.